北京的故事

馬森文集

Sen Ma
創作卷04

真實與虛幻地帶之間

重構時代與人性的寓言小說

秀威版總序

我的已經出版的作品，本來分散在多家出版公司，如今收在一起以文集的名義由秀威資訊科技有限公司出版，對我來說也算是一件有意義的大事，不但書型、字體大小不一的版本可以因此而統一，今後如有新作也只須交給同一家出版公司就行了。

稱文集而非全集，因為我仍在人間，還有繼續寫作與出版的可能，全集應該是蓋棺以後的事，就不是需要我自己來操心的了。

從十幾歲開始寫作，十六、七歲開始在報章發表作品，二十多歲出版作品，到今天成書的也有四、五十本之多。其中有創作，有學術著作，還有編輯和翻譯的作品，可能會發生分類的麻煩，但若大致劃分成創作、學術與編譯三類也足以概括了。創作類中有小說（長篇與短篇）、劇作（獨幕劇與多幕劇）和散文、隨筆的不同；學術中又可分為學院論文、文學史、戲劇史、與一般評論（文化、社會、文學、戲劇和電影評論）。編譯中有少量的翻譯作品，也有少量的編著作品，在版權沒有問題的情形下也可考慮收入。

有些作品曾經多家出版社出版過，例如《巴黎的故事》就有香港大學出版社、四季出版社、爾雅出版社、文化生活新知出版社、印刻出版社等不同版本，《孤絕》有聯經出版社（兩種版本）、北京人民文學出版社、麥田出版社等版本，《夜遊》則有爾雅出版社、文化生活新知出版社、九歌出版社（兩種版本）等不同版本，其他作品多數如此，其中可能有所差異，藉此機會可以出版一個較完整的版本，而且又可重新校訂，使錯誤減到最少。

創作，我總以為是自由心靈的呈現，代表了作者情感、思維與人生經驗的總和，既不應依附於任何宗教、政治理念，也不必企圖教訓或牽引讀者的路向。至於作品的高下，則端賴作者的藝術修養與造詣。作者所呈現的藝術與思維，讀者可以自由涉獵、欣賞，或拒絕涉獵、欣賞，就如人間的友情，全看兩造是否有緣。作者與讀者的關係就是一種交誼的關係，雙方的觀點是否相同並不重要，重要的是一方對另一方的書寫能否產生同情與好感。所以寫與讀，完全是一種自由的結合，代表了人間行為最自由自主的一面。

學術著作方面，多半是學院內的工作。我一生從做學生到做老師，從未離開過學院，因此不能不盡心於研究工作。其實學術著作也需要靈感與突破，才會產生有價值的創見。在我的論著中有幾項可能是屬於創見的：一是我拈出「老人文化」做為探討中國文化深層結構的基本原型。二是我提出的中國文學及戲劇的「兩度西潮論」，在海峽兩岸都引起不少迴響。三是對五四以來國人所醉心與推崇的寫實主義，在實際的創作中卻常因對寫實主義的理論與方法認識不足，或由於受了主觀的因素，諸如傳統「文以載道」的遺存、濟世救國的熱衷、個人的政治參與等等的干擾，以致寫出遠離真實生活的作品，我稱其謂「擬寫實主義」，且認為是研究五四以後海峽兩岸新小說與現代戲劇的不容忽視的現象。此一觀點也為海峽兩岸的學者所呼應。四是舉出釐析中西戲劇區別的三項重要的標誌：演員劇場與作家劇場，劇詩與詩劇以及道德人與情緒人的分別。五是我提出的「腳色式的人物」，主導了我自己的戲劇創作。

與純創作相異的是，學術論著總企圖對後來的學者有所啟發與導引，也就是在學術的領域內盡量貢獻出一磚一瓦，做為後來者繼續累積的基礎。這是與創作大不相同之處。這個文集既然包括二者在內，所以我不得不加以釐清。

其實文集的每本書中，都已有各自的序言，有時還不止一篇，對各該作品的內容及背景已有所闡釋，此處我勿庸詞費，僅簡略序之如上。

馬森序於維城，二〇一〇年七月二十三日

一九九四年時報版序言

馬森

一眨眼，十年慘痛的文革已走進歷史。常聽到大陸上的親友樂觀地說：「這樣的事不會重複了，經驗太沉痛、太深刻了嘛！」

話猶在耳，又發生了八九年的六四天安門慘案！樂觀的人們開始啞口不言了！其實人性中的黑暗，正如人性中的光明，是深不可測的。在人類前進的路程中，永遠充塞了這樣的或那樣的殘暴、荒謬、不理性的行爲。暴君專制、軍國主義、納粹政權、法西斯獨裁、共黨暴政……一個接一個，不過是換一換面具或披掛，其內涵都是一樣地出於一顆殘酷的心！

從希臘悲劇一直到阿赫都(Antonin Artaud)的「殘酷劇場」，都在企圖揭發人類這一顆殘酷的心，希望藉此獲得情緒上的紓解、洗滌、淨化、昇華……總之，期望把人庶幾從貪婪、侵奪的獸性中拯救出來。可是，人，本來處於神與獸之間的一種地位，改變這一種地位根本是無望的，也並不是可欲的。

人雖然恨惡地獄中的烈火，但是那個只充滿了善與愛的光輝的天堂，恐怕也不是一個凡人所可忍受的吧！

人，似乎注定了在自己所佈的陷阱中做著永恆的無奈的掙扎。

《北京的故事》，以文革為背景，其實寫的不止是文革的荒謬，而是人的陰暗的心靈。

心靈太陰暗了，使人不忍卒覩，因此採用詩化的語言和意象，讓血淋淋的事蹟幻化成寓言中的幽怨的玫瑰、飛舞的蜻蜓，或是由空而降的一條小魚。人們張開大口用鋒利的牙齒咬傷了同類的時候，但願受傷和吞噬的不過是一隻北京烤鴨和一條清蒸鯉魚！

這不是不敢面對現實，而是為了保持一段美感的距離。

這本書在出版十年後，又以一番新面貌面對讀者，感謝時報出版公司的郝明義先生和高桂萍小姐，沒有他們，《北京的故事》不會再現江湖。

一九九四年一月廿七日於台南成功大學

馬森的寓言文學
——《北京的故事》序

李歐梵

一

寓言的文學作品，中外古今層出不窮，中國文學史上莊子可以說是第一位寓言大師，但是廿世紀五四以來，中國作家以寓言說故事——特別是批評政治和社會——的作品並不太多，寫實主義的主流，似乎籠罩了小說的創作。

馬森的這十四篇寓言小說——合組爲《北京的故事》——可以說是一本匠心獨運的作品，雖然並不直接地寫實（作者寫這些寓言的時候身在墨西哥，時當文革初期，根本沒有去過大陸），但卻憑一種直覺，一種帶有「感時憂國」情感的藝術幻想，表現出一面更深更廣的眞實。

馬森的感觸，直接因中國大陸一九六六年爆發的文化大革命而起，他所諷刺的主要對象就是毛澤東，明眼的讀者一定可以看得出〈天魚〉、〈奇異的流行病〉、〈北京烤鴨〉等篇中的「主席」、「領袖」、和「舵手」所指的是誰。但是馬森的政治寓言並不是那麼狹義的、口號式的反毛反共，如果我們用政治索隱的讀法來欣賞，有些寓言是一目了然的，非但毛澤東的影射如此，〈奇異的流行病〉中的主席夫人也如此——顯然是影射江靑。讀過杜斯陀也夫斯基的〈大審判官〉（《卡拉瑪佐夫兄弟》中的一章）和奧威爾的《動物農場》的人都可以體會到：一篇成功的政治寓言，並不一定只把目標指向某一個人或某一件事，而是由此人、此事（有時候甚至是虛構的，如〈大審判官〉）而引發的一種廣義的反省，換言之，寓言這種文學形式本身就是一種較抽象、較能發人深思的東西，應該具備多種意涵和層次。所以，我認爲，《北京的故事》中較出色的幾篇，都有此功能，可以令人深省、咀嚼回味。

文革的發生和對毛澤東的偶像崇拜，不是一個偶發的現象，表面上似乎是政治權力的鬥爭，或是紅衛兵的過激革命情緒的高揚，但整個文革的現象卻更反映了更深一層的中國人性和文化的反常和破產，任何有良心的知識分子，都不可能等閒視之的。馬森在六〇年代末期——當很多海外的朋友都開始發「紅熱病」、出革命疹子的時候——就發此深思，奮而爲文，現在看來他的「直覺」是一種遠見，是很有深度的。

所以，我認爲馬森的政治寓言，並不侷限於政治，最終還是歸根於中國文化和人性。就以〈驅狐〉——我個人最喜歡的一篇——爲例，作者並不完全在描寫中共極權統治下藝人生活之苦，而是從一對藝人夫婦道出一段中國傳統文化對當代政治的抗議。馬森的靈感顯然從唐傳奇和《聊齋誌異》而來，但他更進一步，把這個既神祕又抒情的傳統放在一個以破除迷信爲政治運動的社會裏，政治反諷的意義當然就更添加一層文化的深度。胡蓮這個角色，可能是作者思古而嘆今的心情下創造出來的，她在中共統治下的人間半世紀的生涯，恰爲反人性的政治運動作了一個動人的見證。

從中共「破四舊」的觀點來說，狐狸變人嫁人的傳說，當然是迷信，應該摧毀，所以胡蓮這個變了人的狐仙，是無法生存下去的，在政治的壓迫下，她開始懷疑自己的存在問題。這一段寫得很精采，馬森用莊子的筆法，道出了胡蓮的困境：「我自問我到底是一隻變了人形的狐狸？還是不過是一個假想自己是狐狸的女人？」這是一個兩難的局面，如果她只是前者，她不可能存在，如果她是後者，她這種「邪念」顯然屬於「封建意識」，是中共政權所不容的，所以，無論是人是狐，她只有死路一條。我們對胡蓮這個好女子的同情心，因她的死亡而更加重，相對來說，我們越同情她，當然就越憎惡搞這種破除迷信的人，因為在「迷信」的背後——胡蓮所眞正代表的——就是中國民間的「小傳統」中一切的善和美。

馬森學戲劇出身，舞台經驗豐富，所以安排了一場極為精采的「戲中戲」，假戲眞作，胡蓮現狐身而死，「迷信」破除了，「喜劇」也就此結束。這段戲，使我不禁想到意大利的一齣歌劇《粉墨登場》（*Pagliacci*），但意義卻更深遠，因為胡蓮的死，證明了她的「狐狸」的存在，而事實上，這個狐仙比人更有人性（唐傳奇中的幾個故事亦是如此），她的人性的眞實，恰好反映了破除迷信運動的虛妄。所以，就象徵的意義來說，她的死可以視作一種「傳統的報復」（The vengeance of tradition)。

在《北京的故事》裏，中國傳統的「陰魂」不散，處處皆在，有時候甚至還要現現身，發幾個難以解答的問題（〈煤山的鬼魂〉），有的時候卻以美麗的意象從天而降（〈天魚〉），當然在更多的情況下被脫胎換骨，幾番輪迴之後，「原身」之美和善，被「今身」的醜和惡取代了，所以，中國傳統中鯉魚跳龍門的典故，演變而成北京北海公園下的「鯉魚王國」；原來的愚公經過毛澤東竄改原意後，製造出來一個樣板愚公。這幾個明顯的例子足以證明馬森對文革的批判，是十足的文化批判。

馬森旅居外國廿多年，他當然也免不了受到西方文學傳統的影響，事實上在這些寓言的藝術構思上，作者也往往借鏡西方文學的作品。基本上來說，以各式各樣的野獸作寓言世界的主角，是一個西方文學的傳統，近似童話，甚至可以說從童話衍伸而來。較近代的例子當然是《愛麗絲夢遊奇境》，但中國作家用這種寫法往往不能得心應手。沈從文五十年前也寫過一個類似的長篇，諷刺當時的中國社會，但故事中動物極少。老舍的《貓城記》雖以貓爲主，但寫得毫不生動。馬森筆下的鯉魚、蒼蠅、癩蛤蟆、鴨子和驢子，都是栩栩如生的，特別是〈鯉魚龍廷〉中的各種魚類，甚至於蝦、蟹、蛤蟆、帶魚，都各有個性，構成一個海底王國（也許馬森自己特別喜歡吃海味吧！這是「題外話」）。而且，他更利用這個西方傳統的形式來作對中國的政治諷刺。據我估計，以後這種以動物喻人的諷刺作品一定會增多。事實上大陸內部目前已經出現了不少，馬森在六〇年代就已經寫出來了，可謂開風氣之先。

馬森深受西方文學的陶冶，所以知道如何把動物式的寓言(fable)變成更深一層的哲學寓言(allegory 和 parable)，這種作法，西方文學家用得很多。中國新文學史中第一個嘗試的應該是魯迅，他在散文詩集《野草》中，就用過這類手法（如〈狗的駁詰〉）。馬森的〈英雄跟他的影子〉，似乎受到魯迅的影響，使我想起《野草》中的〈影的告別〉和〈死火〉，在這三篇作品中，都出現一個「替身」(double)向主人翁質難。（但馬森的鏡子，顯然是出自《白雪公主》童話中最有名的句子：「鏡子，鏡子，在牆上，你看誰長得最漂亮？」）我覺得就整體而言，《北京的故事》仍然比不上《野草》的深沉怪誕，因爲前者所意涵的主題還是比較具體，較富政治性，除了少數幾篇外，仍然不能使讀者進入哲理的世界。當然，這本來不是作者的用心所在。另外有幾篇寓言，倒頗引人作藝術上的遐思的：〈玫瑰怨〉非但諷刺了中共的幹部在政治運動中的浮沉，也多少襯托出一點愛美的心理，惜因篇幅所限，沒有進一步探討藝術上的美和現實間的距離和矛盾（如王爾德的〈多林歌蕾畫像〉）；〈天魚〉的前半部眞是神來之筆，意境妙極，後半部又回到了政治現實；〈蝸牛的長征〉用了卡夫卡的典故，也有點尤涅斯可的「荒謬劇」的意味，荒謬感雖嫌不夠，但在構思上已可圈可點了。作為一個「學院派」的讀者，我的遐思近乎苛求，也是一種偏見。

2

以上是我的一點讀後感，拉雜寫來，因時間所迫，頗有力不從心之感，許多論點，也未能發揮（譬如作者對「兩難」paradox的運用、作品的內在邏輯和諷刺對象的調和與不調和問題、敍述和調侃語氣交錯運用後所產生的效果等，不過這些都是更「學究氣」的文學批評），要請作者和讀者原諒。

在此我願意附帶提一段我和馬森的緣份。我們第一次見面，是在加拿大溫哥華陳若曦家裏，至少有十年了。兩人眞是一見如故，非但興趣和經歷上有不少相似之處，而且還發現竟然在未謀面之前就合寫過一本書！事情是這樣的：當時我們不約而同地向《大學雜誌》投稿，我寫的是歐洲遊記，他寫的是法國社會素描，編者好事，不經過我們的同意，就把這些文章湊成一本書出版，書名是引自我的一篇文章（也是編者的生花妙筆）：〈康橋踏尋徐志摩的踪徑〉，但全書的大部分——也是最精采的幾篇文章，卻出自「飛揚」之手，飛揚就是樂牧就是馬森。

想不到十多年後，我又能再度掠美在他的新書中忝居一席，實在值得慶幸，但使我自慚形穢的是：馬森已經佳作纍纍：——自《法國社會素描》後，他接連出版了《馬森獨幕劇集》、《生活在瓶中》、《孤絕》和《夜遊》等數本巨著，而且都是極富獨創性的文學作品——而我仍然停留在寫雜文的階段。這篇小序，一方面算是對老友的祝賀，一方面也算公開自責，馬森應該作爲我今後的文學榜樣。

一九八四年二月八日於芝城

北京的故事

北京的故事

天魚

一九六幾年，北京遇到一次罕有的熱天。一進所謂六伏，一顆白花花的太陽，煉鋼爐似地當頭罩著。護城河裏的水，眼看著悠悠呼呼地化作了蒸汽；再要不下雨，恐怕撐不到多少日子就得乾涸見底。河岸的斜坡上，已經曬成拇指長的裂縫。柏油路軟軟嘰嘰地黏著鞋底。一陣微風吹到臉上，就像鍋爐裏噴出來的熱汽，燙得兩腮生痛。每一個人，就連那最積極的幹部也算在內，都提不起在正式的工作時間之外，再作額外加班的勁兒來了。一下班，大家都忙著趕回家去，可是除了少數一些有冷氣設備的高級幹部的住宅以外，一般人的屋子都像蒸籠似地悶熱，待不下人的。大多數人都只好留在院子裏，享受那偶爾飄過的那麼一絲兒溫呑呑的晚風。在這些人中，也有一部分是屬於高級幹部的階層，但大部分則是中、低級幹部，跟那些不入於幹部之流的人民。

一天傍晚，黃昏的景色瑰麗異常。天藍得像一汪透明的海水，將下的夕陽把西天的晚雲渲染成一片金碧輝煌。那彩緞似的顏色，恐怕連北京所有紡織廠的最好的勞動英雌都難以織得出來。最令人開心的是，一縷久違了的清涼的微風居然似乎使僵挺了好些日子的護城河邊的垂柳的枝條又生意盎然地擺動起來。北京所有的居民，也許應該說幾乎所有的居民，都把晚飯端到院子裏來，一面吃飯，一面欣賞這罕見的黃昏美景。

在北京市郊區的一個小院落裏坐著一家人家。一個寡母跟她的兩個兒子。老大已經十五歲了，在一家紙廠裏幹學徒。老二只有九歲，還在公社的小學裏念書。像平時一般，剛擱下晚飯的筷子，張大叔就到了。張大叔是一個單身漢，又是老街坊，記不清打甚麼時候起，張大叔竟養成了一種晚飯後來喝一杯茶聊聊天的習慣。說實在的，有些時候，前鄰後舍，曾謠傳說張大叔有意娶這個寡婦爲妻，就是帶著兩個拖油瓶也不嫌。無奈後者不管解放後北京城裏解放了多少事務，卻還不曾解放了她那注滿了孔老二的教化的腦筋。雖說她早已不抱還有誰來為她修座貞節牌坊的希望，但內心仍覺得寡婦再醮是種有辱門楣的事體。然而這位寡婦的拒婚卻並不曾改變張大叔的態度。張大叔正是北京傳統的那種有教養的人，除了有一副聽天由命逆來順受的本事以外，還有一種達觀的人生態度，正如北京人常說的：「不如意事常八九，誰家長駛順風船」。所以張大叔雖然求婚不成，卻仍然時常來走動，經常地幫忙做做那些孤兒寡婦幹不了的活落。為了這事，張大叔還得過公社支書的一紙熱心助人的獎狀。

張大叔到了不久，母親就收了晚飯的碗筷拿到廚房裏去洗刷，張大叔跟兩個孩子繼續坐在院中喝茶納涼。

「看吶！」老二突如其來地大叫一聲，驚得張大叔把那一碗粗瓷茶碗的茶差不多澆潑了半碗出來。

「甚麼事兒？」老大跟張大叔同聲兒問。

「看吶！」老二又是一聲。

「看甚麼？」老大不耐煩地說。

「天上！」

二人同時仰面朝天上望去，只見天上晚霞橘黃的彩光正逐漸消褪，轉化成一種夾雜了褚色斑點的淡青。

「天上甚麼也沒有！」老大首先失望地說。

「誰說甚麼也沒有？」老二不服氣地反駁著。

老大轉臉問張大叔道：「張大叔您看到甚麼了沒有？」

「看到幾朵雲彩。」張大叔說。

「不是這個啦！看吶！」老二一面喊一面爬到院中的那張如今成了飯桌的石供桌上去。「在雲彩後頭，不是一條大河嗎？河水波浪波浪地沖著河岸。看那河岸上！」

「對，對，看到了！」老大也歡跳起來：「張大叔，您也看到了河岸了吧？」

「甚麼河岸呀？我啥也看不見！」張大叔白白地張大兩眼，又用手打著涼篷，仍然無濟於事。

「哎呀！」老二又興奮地喊道：「岸上還有魚呢，很多很多條……」

老二一邊喊，一邊跳著腳，好像想去抓下幾條來似的。

「眞的有魚。」老大也看到了。「活蹦亂跳的，大的小的都有，就好像魚池裏忽然叫人抽乾了水似的。」

「看吶，現在河水上來了，魚都跳進水裏。」老二繼續報告著：「岸上還剩下不少。」

「哪有這種事兒！哪有這種事兒！」張大叔咕嚕著。他已經試過了每一個角度，使出了所有的姿勢，仍然一無所見。

「哎，大叔，您打我這兒看。」老大把張大叔牽到自己的位置。「現在看見了吧？還有好幾條，不是正在沙岸上跳著？河水慢慢漲上來的時候，他就一條條地跳進水裏去了。」

張大叔仍然一無所見。失望之餘，只有去活動他的脖子，因爲仰了這麼久的臉，脖子裏的筋都像扭歪了似的，在他這種年紀。

「我想你們看到的大概是海市蜃樓。」

「甚麼是海市蜃樓？」老大飛快地瞟了張大叔一眼，又把眼光投到天上去。

「海市蜃樓麼，聽說在福建沿海還是蒙古的大沙漠裏都可以看到，就是一種幻景。不，我想我說的不對。應該說是一種實景的反射。這實景是眞眞存在某些地方的。」

「這也是種反射呀？」老二仍然仰望著天空反駁著：「哼！鬼才信呢！河岸，魚，都是那麼眞眞的。」

「您說得有理，張大叔。」老大接口道：「這只是一種太陽的反射作用，不知把甚麼地方的景色反照到天上。不然，又怎麼解釋？哎唷，脖子疲死人啦！」

「我可不能再看啦！」張大叔輕輕地用手摩擦著脖子：「再看下去，我這老脖子，可要折成兩截啦！」

「我眞不明白你們說些個甚麼！」老二又道：「甚麼實景可以反射到天上去，甚麼海市蜃樓，甚麼甚麼的……不！不！我不信！哎呀！」老二又大叫了一聲：「你們快看！快！快！一條魚掉下來了！掉下來了！」

說時遲那時快，老二還沒住口，一條手掌大小的魚竟然蓬登清脆的一聲跌進他們的院子裏。三人都不禁大吃一驚，特別是張大叔，嚇得那一跳，足有半尺高。一條魚，一條眞眞實實的青湛湛的魚！看來好像是一條小鯉魚，這是一條天魚呀！要是擺在往時，那是跟麒麟出世、鳳凰來儀一樣的吉祥事兒，象徵著風調雨順、五穀豐登、皇上聖明、百姓安樂。那時候，這條魚得立刻獻給皇帝，皇帝本人哪！可是現在時代不同了，封建王朝一去不返了。早已沒有了皇帝，怎麼來處置這條天魚呢？母親的意見是不管封建不封建，天無二日、地無二君的道理總是不變的。往時獻給皇上，現今嚒，獻給主席呀，總不會錯吧！母親的提議馬上得到了兩個兒子的熱烈響應。老二是紅領巾，老大是團員，在二人的眼中，誰的分量也比不上主席。往時，要是有誰給皇上進貢，哪有白進的？誰不想因此得個一官半職？至少也弄他幾顆明珠，幾兩黃金的賞賜。皇上的手面可大著吶！可是現在老大老二只是一心一意地想把天魚呈獻給主席，心中不抱一分一毫的妄想。一有了妄念，哪還算甚麼紅堂堂的社會主義的接班人呢！能夠有幸把天魚獻給人人熱愛的主席，他們的心坎裏只感到無限的幸福。不過，問題是他們自己並沒有見過主席，也不知道主席到底住在哪兒。唯一的辦法是先跟公社的支書接頭，憑支書同志的聲望地位，總該知道主席在哪裏。

於是他們就把母親小心地裹在黃絹裹的那條天魚送到公社支書那裏去了。

公社支書對兩個孩子的話，一句也難以相信，只是又不敢自作主張地拒絕這份禮物。這是獻給主席的，何況又有人說這是國泰民安的象徵。自己要是拒絕了，萬一風兒吹到上級的耳朵裏，無事便罷，要是碰上運動甚麼的，不是又多了根給人抓的小辮子嗎？於是他就召集了一個公社幹部會議，這麼著，既走了羣衆路線，又可把處理這件事的責任推到大家身上，眞是一舉兩得。支書不由得覺得自己到底比常人伶俐些。

會議的結果，大家一致決議儘快把這條天魚轉送給北京市黨委會。那時候黨委會的書記，也就是北京市長。

北京市長跟他的僚屬，對天魚的故事也並不多信一星半點，但是正如公社支書的心理一般，既是牽涉到主席的事，也就不敢自作主張地加以處理。北京市長兼北京市黨委會書記立刻召集了一次北京市的黨委會議，結果以九票贊同、一票棄權的決議案送交中委會處理。中委會又召集了一次臨時會議，把這條天魚送進了最高當局的政治局。政治局的常委會主席，也就是所謂的「主席」本人了。

不管行政效率多麼快捷，等這條小小的天魚送到主席的手裏，已經是天魚在北京的郊區下凡以後第二天的黃昏了。在這麼熱的六伏天，竟沒有人想到把天魚擱到冰箱裏去。可憐的天魚，怕早已變了顏色。

主席溜了一眼那有關天魚的報告，就把天魚拿到手上。剛一打開那裏得嚴嚴緊緊的黃絹，一股敗魚的腥臭已迎鼻沖出，把主席熏得差點兒沒暈了過去。「快給我丟到垃圾筒裏去！快！」主席一面吼著，一面趕不迭地掏出一方綉著各色蝴蝶的純絲手絹，把鼻子堵了起來。

一個幹部同志堅定地走上前來，堅定地抓起了那用黃絹裏著的腐敗了的天魚，大踏步地走出去。一逕走到主席的廚房，一揚手就丟進主席的垃圾筒裏去了。這時候那位六十多歲的主席的廚師傅正坐在廚房的門檻上靜靜地抽他的旱煙袋。

「甚麼玩藝兒，你丟到我的垃圾筒裏來啦？」廚師有些不悅地問著。

「一條臭魚。說是一條天魚吶！」

「甚麼？天魚？」

「天知道！據說是打天上掉下來的，有人要獻給主席！」

「主席不要？」

「笑話！臭都臭啦！再說，你知道，主席從來不吃外人送來的東西。」

幹部一走，這廚師躡手躡腳地走到垃圾筒邊，只一提，就把那黃絹包裹準確而敏捷地提了出來，馬上溜回了廚房去。

他先把廚房的門鎖上，然後打開了包裹。他看見攤開的黃絹上躺著一條與普通魚無異的巴掌大的小魚。他把魚鰓翹開一條縫兒，裏面透著鮮紅色。他拿到鼻前來聞，沒有甚麼怪味兒。於是他拿來一把刀，開了魚膛，抽出了魚下水。在那一盤纏繞不清的下水的末端，赫然吊著一個小袋兒。他剖開了那個小袋兒。一灘蠕動不止的魚子兒就攤在了他的眼前。原來是一條母魚。但何以魚子會蠕動不止呢？自然這不是一條平常的魚了。於是他相信了天魚的故事。原來他正是慈禧太后的御廚的兒子。他父親曾經給他講過一個古老的傳說，其中提到天魚的魚子兒蠕動不止，且永不會死亡。他順手抄了一隻炒鍋放在爐火上，就把那盛魚子兒的袋子一抖，把一包魚子兒統統抖進了鍋裏，然後靜靜地坐在一旁抽起他的煙袋來。五分鐘、十分鐘、一刻鐘、半個鐘頭過去了，魚子兒在熱鍋裏發出吱啦吱啦的響聲，但仍自蠕動不止。

他熄了火，把魚放在水龍頭下沖了沖，用刀小心地切成碎塊兒，就一塊一塊地連那些蠕動的魚子兒生吞了下去；甚至連醬油都不曾滴上一滴，鹽也不曾加上一點兒。吃完了，打了一個響嗝，就回到自己的臥房裏倒頭睡下了。

主席的廚師經過一夜少有的酣睡，連夢也不曾做一個。第二天醒來時，他自覺精神百倍，好似一生中從不曾經歷過這般透徹的休憩。像每天早晨一樣，第一件事就是到他那間小小的盥洗間去。他一打開門，就像腳下長出了釘子般楞在那兒啦。原來朝門的牆上掛著一面穿衣鏡，在那鏡子裏他看見了一個全不相識的美少年正傻楞楞地望著他。他朝前走了幾步，終於意識到那美少年再不是別人，就是他自己。一夜間，他的四肢五官，竟回復到二十歲左右的年紀；只是他二十歲時不曾有這般端麗。

就近端相，也居然看出了一點自己的輪廓。耳朵跟鼻子的線條都沒有很大的變化，這使他感到並不曾完完全全地丟失了自己。

自然，主席馬上得到了情報，也馬上把廚師叫了去親自詳詳細細盤問了一番。開始主席懊悔得差一點哭出聲來；但繼而一想，反倒深自慶幸起來。要是自己生吞了這一條天魚，一夜之間化作一個如此美貌的少年，後果何堪設想！

故事到此本可告一段落。但也許有些熱心的讀者關懷主席的廚師的下落，作者不得不對此有一交代。既然廚師變得如此貌美青春，再把這樣的人留在家中，就不是智者之舉了。據說廚師以後加入了人民解放軍，在黑龍江中蘇邊界駐防，參加了保衛祖國的神聖任務。另外一說是廚師後來被送到國外去幫助受壓迫的民族從事革命運動去了。

王大爺的驢

在距北京南苑二十里不到的地方，有一個小村落，叫作洪家莊。莊子裏的住戶多半姓洪，那是不用說的了。解放前，這裏是洪老爺的地盤。洪老爺身兼數職，不但是當地的大財主，又是洪家莊的莊長，兼保衞團的團長。洪家莊裏除了幾戶上中農好好歹歹地保下幾畝旱田之外，其他的村民都已流爲洪老爺的佃戶。大多數人都是吃著洪老爺的糧食，住著洪老爺的地皮，穿著洪老爺的土地裏長出的棉麻，幹的自然也是洪老爺的活！洪老爺呢，一呼百諾，願意幹啥就幹啥。只有人欠他的，他從來不欠人。所以也只有人服他，他絕不服任何人。那時候，莊裏的人，除了洪老爺家的奶奶、姨太太，沒有一個人喜歡洪老爺，可是人人都恭敬著他。

黃河決口的那一年，莊裏來了個河南逃難的，姓王，只因爲是個禿頭，莊裏的人就帶著些輕蔑的神氣管他叫作王禿子。他住在莊頭上一個棄置多年的破磨棚裏，靠給那幾戶上中農打打短工混一口飯吃。誰想這個破磨棚原來也是洪老爺的產業。不久，洪老爺就差人來吩咐王禿子，他不能這麼不聲不響地霸佔著別人的私產。於是王禿子只好親自上門，懇求洪老爺行行好把這個破磨棚暫借一借，反正丟在那裏也沒啥用處。他以爲像洪老爺這種金碗銀杯使著的大財主，哪裏在乎這麼一個破磨棚。

「話可不是這麼說！」洪老爺把兩眼瞪得圓骨碌的。「行好歸行好，錢歸錢。一個磨房，不管多麼破，總是個磨房呀！要是租給人磨麵的話，每個月還不收個斗兒八升的白麵嗎？」

「是！是！」王禿子囁嚅地說。

「我看這麼辦吧！」洪老爺咳嗽了一聲，繼續道：「我算行好把磨房借給你暫住著，你可得替我磨磨麵。再說呢，你要是磨別家的麵，你的工錢咱得二一五分賬。

這麼著，你看行不行呀？」

「這……這……」王禿子吃吃地道：「這好像不是借住嘛！倒不如說是出租，租錢可也不輕呢！」

「甚麼出租？」洪老爺不悅地說：「這種條件對我來說，只能算出借。願不願隨便，我倒寧願讓那磨房空在那兒呢！」

王禿子看看也實在沒有別處可以棲身，只好接受了洪老爺的條件。只靠了早起晚睡勤勤懇懇地終日工作，才可以勉強餬口。王禿子在洪家莊一住就是三十年，倒也不曾餓死。不但不曾餓死，到了後來王禿子居然也積攢了幾個錢，買下了一條小毛驢，從此把自己替下來，不用再汗流浹背地推著磨盤打轉了。

王禿子雖然成了一頭小毛驢的主人，倒也並沒有改變多少他在莊子裏的社會地位。因爲沒有一分一寸土地，他在別人的眼中永遠是那個可憐的王禿子。爲了把一半的工錢交給洪老爺以後，還可以張羅自己跟小毛驢的兩張口，王禿子工作得非常辛苦。天不亮就起身，老爺兒下山了他還不能上炕，除了吃飯，他總在不休不止地磨，磨，磨，磨！

晴天一聲霹靂，革命爆發了！無產階級從給人踏在腳下的可憐蟲，搖身一變成了國家的主人翁！洪老爺給打倒了。洪老爺的財產公公正正地分給了他以前剝削過的苦哈哈們。王禿子也分到了那間破磨棚。現在除了小毛驢以外，竟擁有了一所磨棚。哎呀，一個磨棚至少也佔三分地呢！這眞是連做夢也夢不到的。這還不說，他還分到洪老爺一床最好的花被子。睡在這麼輕柔軟膩的被窩裏，使王禿子一連幾夜都做著桃色的夢。

王禿子現在可樂了，不但自己成了個小地主，更重要的是，沒人再敢輕看了王禿子。所有那些王禿子長王禿子短的人，現在都改口叫他王大爺了。這是他一生中從未夢想到過的光榮。這種樂滋滋的味道，使王大爺忽然覺得人生竟是如此的有意思。

一天晚上，爲了慶賀這天外飛來的美運，王大爺跑到鄰村的供銷社裏割了四兩猪舌頭，打了四兩高粱酒，回來喝了個暈頭脹腦。正想倒頭睡覺，忽然想起還不曾給小毛驢拌草料。就到屋角裏抱了一把乾草放到驢槽裏，又著意多加了一倍的黑豆。

「咱們都加加油吧！」王大爺對自己咕嚕著。

可是出乎王大爺意料之外的是，這頭小毛驢兀自站在那裏，面對著牠平常那麼喜愛的黑豆竟睬也不睬。

「吃啊，小傢伙！」王大爺一手撈起驢籠頭，把牠朝槽前拉去。不想小毛驢卻固執地打槽上別轉頭去。牠這一轉頭，使王大爺吃了一驚。毛驢的眼裏分明充滿了憤怒，就連那麼老成鎮定的王大爺也給唬得倒退了好幾步。

「你怎麼啦？」

毛驢一動不動地站在那裏，眼中一直充滿了激怒。

「病啦？」王大爺自言自語地嘟囔著。

「我沒病！」毛驢忽地開口說。

「你說話？你？」毛驢這一張口不打緊，把王大爺驚得一屁股跌倒地下，就好像當頭挨了一拳。

「怎麼？不行麼，連說話的權利也沒有呀？」

「驢說人話？我這輩子還沒見過。」王大爺坐在那兒只顧嘟囔，竟連爬起來的勁兒也沒有啦！

「時代不同了！」毛驢冷笑道。

「時代不同了？」

「正是，時代不同了！如今這世界是被壓迫者的，是被剝削者的。如其不然，憑你這麼個可憐蟲，能睡這麼漂亮的花被窩嗎？」

「你說的也有理，時代不同了。我們這些被大地主壓在腳下的苦哈哈終於翻了身！你懂不懂甚麼叫翻身呀？咱，要是不經這場革命，一輩子也弄不清甚麼叫翻身呵！」王大爺笑著說，好像已忘了剛才的驚怖，只想著革命以來自己的好運道了。

「眞不錯，你居然也成了進步分子啦！」毛驢仍然冷嘲熱諷地說。

「人人都該進步啊，你說對不對？」

「當然，當然！正因爲如此，我才決定不再沉默下去。」

王大爺打了個怔，吃吃地說：「可是……可是……一頭毛驢說起人話來，總有些邪門兒呀！」

「你該知道，革命可以改變一切。不然，又如何能稱之爲革命呢？」

「不管革命不革命，一頭驢說人話，總透著邪門兒！」王大爺頑固地重複著。

「革命前的天經地義，如今成了邪門兒；革命前的邪門兒，如今才是天經地義呢！」

「噢，我明白了。就爲了這個，你一頭毛驢也說起人話來啦！」王大爺的聲調裏顯出並沒有完全服氣。

「我現在要嚴正地提醒你，」毛驢提高了一個音階朗朗地說：「你的態度顯然證明對受壓迫者毫無敬意！」毛驢一面說，一面氣更撞上來。只要一看牠那圓睜的兩眼，就知道牠的氣有多大了。

「哈哈哈哈……」王大爺止不住地大笑起來。「你？我要恭敬你？……我得恭敬一頭毛驢？」

王大爺還在笑著，毛驢卻轉過身來，朝王大爺一步步地走過去。

「請你不要笑！請你放尊重些！」毛驢威脅地說：「經過了這一場大革命，你還沒有學乖呀！你，革命前不過是一個可憐的無產者，一個王禿子，憑甚麼如今人人叫你王大爺？憑甚麼今天你也可以揚眉吐氣？還不就因爲革命了嗎？你明白不明白？全因爲革命！我再說一遍，你自個兒也剛剛說過，被剝削的階級終於翻身啦！

為甚麼我不能？」

「原來你也是被剝削的階級呀？」

「我不是被剝削的階級又是甚麼？」毛驢氣憤塡膺地道：「日日夜夜拉磨盤的不是我嗎？而你只站在一旁，手執皮鞭抽打我的屁股。在這個破槽裏嚼乾草的不是我嗎？而你，在磨盤上啃著窩窩頭，有時候甚至吃著熱騰騰的白麵饅頭。睡在滿是驢糞蛋的土堆裏的不是我嗎？而你，舒舒服服地睡在炕上，現在竟睡在洪老爺的花被窩裏。」

「照你這麼說來，是我虐待了你，折磨了你？壓迫了你？剝削了你？我只是一個人人痛恨的剝削者？」

「一點也不錯！」

「噢，小傢伙，別這麼說吧！」王大爺的聲調漸漸軟了下來。「你也明白，現今這種話是不可輕易亂說的。」

「為甚麼？告訴你吧，我已經受夠了。如今所有受壓迫的人都翻了身，我爲甚麼還繼續白挨？」

「不管你怎麼說，我總算不上一個壞主人吧？常常給你買些黑豆拌在乾草裏的不是我嗎？冬天給你蓋上蔴袋包的不是我嗎？我要是有個老婆，我也不會對她更周到了。」

「溫情主義！」毛驢輕蔑地說：「你眞叫人齒冷！你也一定明白，階級的仇恨海樣深。難道你竟想用你那小資產階級的溫情主義來收買我嗎？洪老爺對你們不是也用過這種下賤的手段嗎？我總不會笨到這種地步，連這種把戲也看不出來！」

「說！你要怎麼辦吧？你到底要怎麼辦呢？」王大爺對著這種義正辭嚴的聲勢越來越發不安起來。

「我要算一算賬，你該我的賬！」毛驢又往前邁進了一步，驢嘴差一點就敲在王大爺的禿頭上。

「算甚麼呀？」王大爺不安地問。

「算我們的賬！我不能再這麼被你剝削下去！你，你得淸還你該我的賬，就像洪老爺還你的一樣。」

「你要打倒我？」

「不！我倒還不會這麼不人道！我只要今後你去推磨盤，你去到破槽裏吃乾草，你去睡在滿是驢糞蛋的土堆裏。我呢，該我拿著皮鞭，吃著窩窩頭，睡在洪老爺的花被窩裏！」

毛驢一面說，一面對著王大爺的禿頭把驢嘴威脅地揚起，使得王大爺坐在那裏一再後撤，終至於卡在一個牆旮旯裏了。

「要是我不答應呢？」王大爺顫聲地問。

「很簡單，我到人民政府去控告你，你將會受到無情的清算，你的命運不會好過洪老爺。」

從此以後，人們便很少再看見王大爺。王大爺磨麵的時候總把磨房門關得緊緊的。可是大家都留意到王大爺一天天地削瘦下去，臉上那從革命後才有的志得意滿的樂滋滋的神色也日漸消失了。大家都覺得奇怪。

以後有好些天，人們不見王大爺出來。一天早晨，幾個村民會合了兩個民兵，撬開了王大爺磨房的木板門，發現皮包骨頭的王大爺一身骯髒地死在磨套上。同時，人們卻瞅見在王大爺的炕上，有一頭肥驢躺在一床花被窩裏正發出酣暢的鼾聲。

玫瑰怨

宣傳部副部長的辦公室的窗台上擺著一盆紅色的玫瑰。副部長從小就喜歡花草，爲了避免叫人批評爲小資產階級氣息，副部長特意選了盆紅色的玫瑰。紅色，人人皆知代表著些甚麼意義。如此這般，副部長竟眞地逃過了不少厄運。

對這盆玫瑰，副部長愛護備至，每天都親手澆灌。早上一到辦公室，必先澆一次水，再做別的事情。傍晚下班前，也不會忘記修一修腐枝敗葉。因爲主人的如此關懷，又因爲在窗台上有足夠的陽光，這盆玫瑰長得好不茂盛挺拔。除了北京那嚴寒的冬季，這盆玫瑰差不多終年都開著鮮艷的花朵。可是有一種奇異的現象不久就引起了副部長的注意。說實在的，副部長每逢工作疲憊的時候，就禁不住抬起頭來欣賞他的玫瑰。引起他注意的奇異現象是，一般花朵都是輪班地開謝，只有一朵好像盛開了兩個多月還沒有任何凋萎的痕跡。起初副部長還以爲原來的花朵謝了以後，在同一枝上又開出一朵新花來。令人可疑的是這一枝花竟一長再長，不久就超越了其他的花朵，旗杆似地獨樹在這盆花的中央。副部長開始懷疑是否有人跟他開玩笑，在他的花盆裏插了一朵假花。可是等他仔細地查勘了以後，他發現不是假花，確是玫瑰花的一枝。幸而這枝花一旦超越了衆花以後，就停止上升；否則的話，這種高高在上的一枝獨秀，定會引起來打掃辦公室的工友或其他來諮詢事務的同事的好奇。

一天早晨，在澆花的時候，副部長注意到這朵本來朝向窗外陽光的花朵，竟轉向到他這一面來。心想大概是當他不在的時節，工友來打掃房間移動了他的花盆，於是就毫不經意地又將花盆轉了半圈，讓花朵又朝著窗外的陽光。第二天，令人奇怪的是這朵花又轉了回來，正面對著他。

「奇怪！」副部長咕嚕著，想再去轉動花盆，卻見這朵玫瑰向左右各搖擺了數下，竟像一個人搖動他的腦袋一樣。這且不說，副部長竟疑心這朵花對他微笑了起來。簡直不可思議，副部長心中嘀咕著。純粹的幻想？還是那朵花下方的花瓣正好長成人的嘴唇的形狀，又正好形成一種微笑的姿態？這天在工作的時候，他無法抑制地不時抬頭去望他的玫瑰。每次抬頭，都覺得那朵花回他一個微笑。

這時正當反右運動鬧得正熱的時候，宣傳部的副部長叫工作壓得喘不過氣來。他不但需時時把上級的命令迅速愼重地下達，特別是下達給報紙和電台，同時自己也得撰寫批評的文稿。他簡直忙得連坐下來抽一支菸的時間都沒有。儘管如此，他卻自覺無法抗拒那朵玫瑰花的魅力。他平常本是跟同事們一起在部裏的餐廳吃午飯的，現在爲了好好觀賞這朵玫瑰，竟把午餐帶到他的辦公室裏來。好在大家都知道他是忙人，他的行動也並不曾引起他人的特別注意。

一天，他匆匆地呑下了帶來的午餐，以便多得幾分鐘可以靜靜地獨對他的玫瑰。他忽然注意到花朵下方那像口唇的花瓣不再有任何笑意，倒帶出幾分愁苦的模樣。副部長的這種印象，倒也並非全出之於幻覺，因爲同時他彷彿聽到了一聲低嘆。雖然低微猶如蚊鳴，倒確是清清楚楚地自玫瑰那邊傳來的。

「你爲甚麼嘆氣？」對這朵奇異的玫瑰，副部長竟有些見怪不怪了，遂不加思索地問出這麼句話來。

「你要我說話？」玫瑰低微的聲音有些像空谷迴音似地輕飄飄地傳過來。

「有話就說。」

「我怕嚇壞了你。」

「我早就習慣了你的花樣了。」

「要是我早知道……你知道打很久很久以前，我就想跟你談談，只是不敢啓口。」

「爲甚麼？」

「因爲我怕。」

「怕甚麼？」

「我也不知道怕甚麼。也許甚麼都怕。譬如說，那個年輕的同志打掃房間的時候，我就怕得要死。我老疑心他終於發現我的怪模樣，跑去揭發我。」

「別多慮吧！這孩子一向粗心大意，不會注意到你的。」

「還有那些個同志，一天到晚不知到這裏來串多少回！」

「要是你眞怕待在這兒，我倒可以把你搬回家去。」

「噢，不，千萬別把我搬回家去！我想你的愛人比誰都更叫我害怕。你有個愛人，是吧？」

「對，我有個老婆。不過，她人是再好也沒有了，綿羊也沒有她那麼柔和的性情。」

「不！不！一個老婆不管多麼溫柔，總是個老婆。我情願待在這兒。」

「隨你的便！」

吱咯門響了聲，竟是部長進來了，連門也沒有敲。

「你跟自己說話？」部長見室中並無別人，就這麼問。

「沒有……我沒有說……說話。」副部長支吾地說。趕忙站起身來，臉都紅了。

「我好像聽見有人談話，一進來卻見你一個人在這兒。」

「啊！我剛剛在讀這篇文章。」副部長在桌上隨便抄起了一份文稿，馬上找到了藉口：「我可能唸出聲來了。」

「怪不得！」部長一面說著一面又把另一篇文稿，放到副部長的桌上。「喏，這一篇得立刻發出去，今晚廣播，明天見報。」

副部長瞟了一眼，就知道是一篇對一個頗有名氣的作家的嚴厲批評。這個作家早就被指爲右派和小資產階級。他回頭望了玫瑰一眼，玫瑰朝他扮了個鬼臉，他就夾起了這篇文稿，跟在部長後頭大步地走出了辦公室。

第二天副部長加倍迅速地吞下了他的午餐，過去鎖上了辦公室的門，又把他的辦公桌吃力地推近了放置玫瑰的窗前。

等副部長一坐下，玫瑰立刻開口說：「最好別把房門鎖起來。」

「爲甚麼？這樣沒人可以隨便打攪我們。」

「別引起別人的懷疑。門鎖起來，嗯，總顯得有點怪，是吧？」

「你不要我鎖門？」

「是。最好別鎖。你可以把門關上，但別上鎖。」

副部長起身去開了鎖，又回來，坐到他的椅子裏。

「我們儘可以這樣談，要是有人進來，住口就是。」玫瑰說。

「有理。你眞是心細如髮，像女人似的。據說花是女性的，看來不差！」

「對人來說，可能是這樣。對花來說，卻不盡然。在我們的世界裏跟你們一樣，有男也有女。」

「啊，這倒沒有想到。」

「對我們而言，不但有性別的差異，還有別種別樣，譬如說道德的社會的差別，看花而異。好像說有的花面慈心善，有的花天生的壞胚；有的野心勃勃，有的虛榮矯情；有的是資產階級，有的是無產階級……」

「好奇怪！」

「爲甚麼奇怪？」玫瑰像受了傷害似地不悅地說：「難道說只有人的世界才興彼此作賤嚒？」

「我本想你們是些和平的造物，每一株花都可以不相干擾地靜靜地待在自己的土地上。」

「唉，這只是種很膚淺的看法。其實我們跟人一樣的嫉妒。我們也不能容忍讓別的花爬到自己的頭上來。我們愈是不能動彈，這種感情恐怕就愈發強烈。」

「你說的不錯。我們人是嫉妒心重，是彼此相輕；不過我們卻有我們的理想，我們企圖建立一個人間天堂。」

「你眞相信這一套？」玫瑰冷笑道。

「當然！不然你想我們革命爲啥？」

「你是親身參加過革命戰爭的老幹部。說眞心話，你覺得現在你們的世界，眞比革命前強了多少嗎？」

「說眞心話，這我倒不能百分之百地肯定你的問題。無論如何，革命改善了很多事物。自然，缺點總是有的，甚至於有些地方可能比過去更糟，可是我們總希望一點點地改正過來。這就是爲甚麼我們需要不斷地革命！」

「我只擔心你們還不曾建成人間的天堂，倒先打得頭破血流了！」

有人敲門，兩人立刻住了口。

又過了一天，副部長午飯只帶了兩個饅頭，一塊香腸。一面咬著饅頭，一面凝視著那紅色的玫瑰。

「慢慢吃，」玫瑰溫柔地笑道：「我們有的是時間。」

「這就吃飽了，這就吃飽了！」副部長好像使對方久等甚覺歉然。

「昨晚你走後，我擔心了一夜，我很後悔引你說那些老實話。你會不會一轉念跑去揭發我？」

「說甚麼話！你不過是一朵花罷了。揭發你對我有甚麼好處？」

「明知這種想法太傻了，可是仍不免擔心。你知道，擔心害怕有時候不是理性可以控制的。」

「我本來想玫瑰是很安靜的一種花，可是看來你緊張得很呢！」

「往時我不是這樣的。」

「打甚麼時候你變成這麼緊張的呢？」

「打革命的那一天起。」

「革命的那一天起？」

「不錯，打革命的那一天起！往時我很漂亮。不過，也不見得跟現在有多麼不同。人們都寵著我，總是把我栽在最好的花盆裏，放在最顯眼的地方。可是革命一來，人們開始把我看成是資產階級的象徵。人們責怪我不能結果，又一身是刺，毫無用處。相反地，那粗俗不堪的朝陽花，本來不過是一個無產階級，專會拍太陽的馬屁，現在倒成了英雄的標記，成了最高貴的花啦！」玫瑰越說越氣，咬牙切齒地把臉漲成紫紅。「幸而我有我的顏色，沒人敢來責怪我的顏色，是不是？」

「每個人都需要至少外表上紅彤彤的，在我們這個時代。」

「你也這麼說呀！你！一個老幹部？」

「我只對你一個人說。」

「你不怕我去揭發你？」

「絕不！」

「爲甚麼？」

「因爲……」副部長的臉忽然紅了。他沒有再接下去，只繼續癡癡地盯著玫瑰。

「我總以爲所有老幹部的心都是鐵硬的。」

「你在笑話我！」

「你們不是總批評溫情主義嗎？你們不是都把黨的利益放在前頭嗎？我說的不對嘜？」

「對！對！不過也要看是甚麼時機，甚麼環境。」

「那麼說，這些都不算是你們的原則？」

「請你別談這些個好不好？小心隔牆有耳！」

玫瑰一霎時紅色消褪了不少，顫聲道：「我老是沒有自制力，一開口就甚麼都忘了。我擔心遲早會吃個大虧。」

「所以說有很多事最好別說出來，甚至連想也別去想它。」

在內心中副部長警覺到，再這樣跟這朵奇怪的花無遮攔地亂扯下去，是一種危險。只是不知爲甚麼，竟硬不下心來對這花兒不再加以理睬。不但不能跟她決絕，甚至於感到有一種越來越強烈的接近她的慾望。辦公室裏沒人的時候，他時常在工作中停歇下來跟她閒扯一陣。然而他付出的代價是高的。他無法完成每日應做的工作。如果他匆匆忙忙地趕完，又怕搞出甚麼錯兒來，到頭來吃不了得兜著走。再說呢，因爲好久好久不曾吃過一頓安寧的午飯，副部長眼見地削瘦下去，連部裏的同事都留意到了。最操心的自然還是他的愛人，心想工作這麼多，怕不累成肺癆病吧！不管愛人多麼催促，副部長都不肯去看大夫。部長也看出副部長的健康越來越差了，勸他不如到北戴河去休息幾天。不想副部長竟一口拒絕了。部長一手搭在副部長的肩上，關心而又憂心地說：

「你是老同志，老戰友，忠於主席，忠於黨，這是毫無問題的。不過，你也知道，不久前黨裏決定對高中級幹部間的自發資產階級傾向提高警覺。現在部裏正想找出幾個人來做爲批判的對象。我昨天給你發給各報跟電台的文稿，不是批判那音樂家的嗎？這傢伙身爲音樂院長，崇拜的卻是像莫札特、貝多芬等洋資產階級的代表。這跟他的資產階級出身及在巴黎音樂學院留過學不無關係。出身如此，還不自知警惕，這就叫人愛莫能助了。我說這話，都是爲了你好，老朋友、老同志嘛！你知道近來大家在背後頭議論到你身上啦！說你也沾染了資產階級的習氣。好多次有人報告說你的行徑怪異……」

「甚麼行徑怪異？」副部長不耐地打斷了部長的長篇大論。

部長瞟了擱在窗台上的紅玫瑰一眼，繼續道：「有人說你時常傻楞楞地瞅著這盆玫瑰出神。玫瑰是很美麗，可別忘了，這玩物喪志正是資產階級的行爲。我是爲了你好，才這麼坦坦白白說出來。所以說，我勸你還是去休養些日子，一來爲了你的健康，二來也避避風頭，你看如何？」

離開副部長的辦公室之前，部長又拍了拍副部長的肩頭，強擠出一線笑容，又瞥了一眼那玫瑰才走出去。

辦公室的門剛吭啷一聲關上，玫瑰的哭聲已經爆了出來。她哭得那麼沉痛，又不敢放聲，差點兒嗆住了。

「你怎麼啦？」副部長搓著手焦急地說。

「我……我……我簡直是個大傻瓜！」

「沒甚麼，沒甚麼，親愛的！」

「你說甚麼？你說親愛的？」一面啜泣著，玫瑰抬起頭來淚眼汪汪地問。

副部長看見水珠兒在玫瑰的花瓣上不停地滾動，竟像太陽未出以前的朝露。

「是，我叫你親愛的。」

「叫我？像我這樣一朵資產階級的花？」

「誰管它！」

「你眞不該管我的事兒！你看，現在可怎麼了！我眞是個大傻瓜，我早該靜靜地待在一旁。我太自私，就想到我自個兒。要是我不這麼擔驚害怕，我倒也可乖乖地待在我的盆裏。現在我覺得都是我的錯，都是……」

「其實我也怕。」

副部長的話使玫瑰吃了一驚，有點不相信自己的耳朵。

「你說甚麼？」

「我說我也害怕，我跟你一樣的怕。」

「你自己是個老幹部，然而你也害怕？」

「不錯！老幹部、新幹部，人人都是戰戰兢兢的。革命的目的是人道的，手段卻一點也不人道。問題是如沒有不人道的手段，就難以達到人道的目的，這是盡人皆知的事實。革命就如一部巨大無比的機器，一旦發動起來，無人可以使它中止或中途改道。這也就是我爲甚麼害怕的原因。」

「我的好同志，原來我們竟是一類的！噢，說到這裏，我早就想問問你，到底現在外邊的情況怎麼樣？不知道爲甚麼我越來越覺得心驚肉跳。」

「現在反右運動正在高潮。你知道，不少資產階級的作家、藝術家、音樂家都給扣上了一頂右派的帽子，到邊疆改造去了。」

「哎喲！那麼我們的命運又將如何？我眞怕給送到北大荒去。像我這種弱不禁風的花兒，怎能頂得住北方的那種乾寒？我只有死在那邊，別無生路。一想到這裏，我就止不住心驚膽寒，連氣也喘不上來，就好像脖子叫人死勁兒地勒住的那種感覺。」

「別說了，我也有同感。」副部長頹喪地說。

「你？」

「不錯，我跟你的感覺不相上下。說實在的，對人的這種世界，我眞厭透了。要是我能……」

「能甚麼？」

「要是我能變成一朵花……」

「你開玩笑呀！放著副部長不做，卻要變成一朵花！」玫瑰忍不住噗哧笑出聲來。

「倒不是開玩笑，我是說的眞心話。這個念頭在我的心裏已經好久了。要是我有甚麼法子可以變成一株花，我是心甘情願拋棄現在這一副臭皮囊的。」

「你不過說說罷了。就是眞行，你一定會後悔的。我早就跟你說過，植物的世界也並不比人間強到哪裏去。」

「總是不一樣。你們不能行動，是不是?儘管你們彼此相輕，彼此詬罵，你們總無法施行肉體的迫害……」

「這倒也是眞的。不過別忘了，除了我們自己以外，你們人對我們也可以爲所欲爲。」

「這倒不太重要。譬如說，要是你不是長在花盆裏，而長在人跡罕到的荒山野嶺上，情形就不一樣了吧?」

「這當然不同。可也別忘了，我們長在那兒，就注定了在那兒，自個兒是一動也動不了的。除非……」

「除非怎樣?」

「除非有人動手。」

副部長忽覺心中靈光一閃，高興得輕呼了一聲。

「我問你，你願不願意有人把你移栽到一處安靜的地方，使你遠離這叫你如此心煩氣惱的塵世？」

「我自然是求之不得。」玫瑰說。那種愉快的神采是副部長打結識玫瑰以來從不曾見過的。「可是誰去移栽呢？」

「譬如說我？」

「你？好是好，可是我倒沒有想到，一旦把我移栽到別的地方，就等於是我們的永訣。噢，不！只要一想到把你一個人撂到這種世界上，我就對甚麼都覺得心灰意懶了。」

「別替我擔心，只要你舒服，我也就心安了。」

「多謝你的好意，我還是寧願留在這裏，留在你身旁。」

「親愛的！」

「你又叫我一次親愛的！你不知道，聽你這麼叫我，我心中不知有多高興。」

玫瑰深情款款地說：「我感覺在這個世界上，我並不是孤零零的一個人。」

「唉！要是我也能夠變成一株花……」

玫瑰忽地驚叫了一聲，遂即儘量把花枝探向副部長的方向，幾乎是耳語似地說：「看我有多笨！有一種辦法可以把你變成一株花。剛才我沒說甚麼，只因爲怕你事後懊悔。但是假若我們可以一塊兒到一處僻靜的所在，而你又不會懊悔，事情就好辦了。」

第二天，宣傳部裏的同事見副部長邁著輕俏的步伐走進了他的辦公室，口中竟哼著一支不知名的小調。這情態很不襯一個嚴肅的革命幹部的身分。不一會兒，人們又見他以同樣輕俏的步伐走了出去，臂下挾著一個肥大的紙包。

這天晚上副部長沒有回家，第二天也沒來部裏上班。部裏的人只知道副部長窗台上的玫瑰也在同一天失踪了。

幾天之後，官方報紙登載了一篇措辭激烈的批判宣傳部副部長的文章，指控他右傾腐化。證據是他竟在辦公室裏種養玫瑰，一種典型的資產階級的花兒。然而沒有人眞知道副部長的下落，連他的愛人也不知道。

蜻蜓之舞

九月初旬，頤和園中一陣細雨過後，太陽從失去水分的棉薄的雲層裏探出頭來。雲就像是成羣結隊的綿羊放牧在藍色的草原上。太陽的光束從雲隊裏尋隙覓縫地直射下來，射在彷彿已在這溫柔的光景中沉睡了的昆明湖上。

掛在湖邊蘆葦上的雨珠兒折射著太陽的彩光，使得那些居住在湖邊的小小的生靈爬出他們的洞穴來呼吸一口新鮮空氣的時候，就看見在他們頭頂上懸掛了無可數計的燦爛的彩虹。

一隻綠色的蜻蜓，綠得像一塊陳年的翡翠，正展開雙翼在湖面上翩翩起舞。一會兒她直入雲霄做天女散花之飛墜，一會兒她又平貼水面做花式溜冰之迴旋。她即興獨創的舞姿足可媲美雪地松林的仙鶴之舞。她完全陶醉在自己的舞蹈裏，可惜的是竟沒有一個觀衆來為她鼓掌喝采。一念及此，她就從一次縱身入雲霄的飛升中輕俏地直墜水面。舉目四望時，恰巧看見一隻蜜蜂嗡嗡地飛過。她就毫不加思索地飛身直追過去，一面大叫道：

「看啊！」說著就連翻了幾個連綿觔斗，比京戲中第一流的刀馬旦還要輕巧美妙。

蜜蜂略一瞻顧，投注了一瞥充滿了鄙夷的眼光，就又繼續趕他的路了。

雖然略感失望，蜻蜓卻並未洩氣。一個鯉魚挺身激射而起，截住了蜜蜂的去路，抖動雙翼，做蝴蝶翩飛狀。

「你這是幹啥呀？」蜜蜂圓睜雙目，激怒地停了下來。

「你看我的舞姿如何？夠不夠美妙啊？」蜻蜓睞了睞眼睛，得意洋洋地問道。

「美妙？笑話！」蜜蜂冷笑道：「你這些玩藝兒，不過是些個資產階級腐化的把戲！」

「甚麼？你說我跳的是甚麼資產階級腐化的把戲？」蜻蜓吃驚地反問道。

「我又能說甚麼！勞動人民既沒有這個時間，也沒有這種心情來玩這一套！」

「我一直以爲我的舞蹈是一種偉大的藝術吶！」蜻蜓喃喃地說。

「藝術多少錢一斤哪？」蜜蜂不屑地啐了一口道：「藝術就是腐化墮落的象徵。勞動人民是不要甚麼藝術的！」

「照你說，藝術倒成了一種罪惡了？」蜻蜓挺不服氣的反駁著。

蜜蜂侃侃地道：「人人皆知，甚麼文學啦、繪畫啦、音樂啦、舞蹈啦這些玩藝兒，只能賺人無謂的感情，只能叫人花些無謂的腦筋，對勞動毫無益處。天地之間，除勞動之外，無美德可言！」

「勞動可以叫人幸福嗎？」

「當然！當然！你總聽說過知了與螞蟻的故事？」

「聽是聽說過，可是……」

「唯一的幸福就是勞動，也只有勞動才能保障幸福！」

「可是……然而……」蜻蜓嚥了口唾沫，吞吞吐吐地說：「當我跳舞的時候，我卻感到無比的快樂。」

「這正是一種腐化墮落的現象。」蜜蜂正色說：「糟糕的是你並不能自知你的處境有多麼可憐！」

蜻蜓立刻感到一種苦澀的滋味，從頭頂直注腳跟，渾身都覺得不自在起來。

「這可如何是好？」她可憐巴巴地問道。

「你只要跟我學習就好了。」蜜蜂振振有辭地說：「先去採集花粉，然後再把採來的花粉釀造成蜜。」

「這樣我就會幸福了嗎？」

「當然當然！在這個世界上我再也不知道有甚麼比採花釀蜜更幸福的事了。」

從此以後，蜻蜓不再跳舞了，她從一朵花飛到另一朵花去採集花粉，只是她並不懂得如何釀蜜。她甚至於無法抓牢那金黃色的粉末，她剛用她那纖細的腳爪抓起的花粉，已經在她的翼下隨風飄去了。

一天早晨，她停駐在一朵花上，正向花蕊探過身去，忽覺全身乏力，再沒有力量飛起來了。她就任其所以地軟癱在那兒。成千累萬的金星在她眼前閃耀。惶惑中，她自以為跳著華爾茲的舞步，從一顆金星旋舞到另一顆，心中湧起一種歡樂的泉源，使她如醉如癡。可是歡樂總是短暫的，不久她感到她的身體在驕陽下逐漸枯萎起來。
她自知已將臨生命的極限，在昏厥中她仍念念不忘地喃喃著：
「蜜……幸福……」

煤山的鬼魂

人人皆知一場熱火朝天的抗美援朝運動，不獨犧牲了幾十萬中國青年並不多麼寶貴的生命，而且拖欠了蘇聯老大哥一身相當寶貴的債務。中國人是有頭有臉的民族，豈能賴債不還？於是乎接連幾年中國的大米白麵，油脂油膏，凡是老大哥短缺的貨品，都一車車地駛上了嚴寒的西伯利亞高原。

當此時也，北京的居民也正像其他城市一般，已經幾個月不知肉味了。當然啦，高級黨委、部長主任不在此例。像這種爲人民服務日夜辛勞的同志們，不加點油水是撐不住的。一般的人民百姓，既有人服侍著，有肉無肉倒是一般可以照常度日。這幾個月裏，不但有名的北京烤鴨已許久不見上市，據說東來順的涮羊肉也改成了涮羊皮，沒耽誤吃羊皮的隊伍排過了兩條大街。

中國的偉大處就在人多勢衆，抵抗力又特強，餓也餓不死。就算餓死一些，也沒有多大關係，剩下的若是每人吐一口口水，也足夠淹沒美帝而有餘！人民，眞是沒有多大關係，野草似地，只要一點兒空氣，一生就是一大片！可是政府並不這麼想，政府是人民的嘛，自然非常關懷人民的健康，所以決定每星期向勞動人民每人定量配給四兩乾魚或臘腸；這兩樣東西都是老大哥欣賞不了的。人民對政府因此得衷心地感激涕零。如果政府不是人民的，想想，誰來管這個閒碴兒？

一個星期日的晚上，在故宮擔任警衛的李同志高高興興地在公營的魚舖裏帶回了巴掌大的半條乾魚。一路上李同志情不自禁地幻想著愛人看到了這半條乾魚後的臉色。魚雖說就巴掌大小的那麼一段，可畢竟是等了一個星期的油水。再說這半條乾魚比上星期的那一段足足長了二指，怕不止四兩呢！愛人一向心細如絲，定然一眼就給她看出這種差別。她一定會毫不遲疑地衝進廚房去燒一餐星期日的可口的牙祭。只望她這一回多加小心，別像上次似地在無油的鍋裏把半條乾魚煎得焦糊稀爛！

可是話又說回來，爲甚麼每回都少油無鹽地去煎魚？何不用來熬一碗魚羹？對！這是個好主意！一碗魚羹！魚羹不正是滿清那位失位的小皇帝的偏愛嚒？這位老兄啊，好端端的一個皇上，現今竟混到在故宮的花園裏幹著澆花剪草的行當。這年頭兒，你就說，一個皇上居然也跟自己平起平坐啦！一想到這裏，李同志忍不住爆出了一聲乾笑。這笑聲直衝上故宮那高峻的圍牆，似乎有一種回音順著圍牆盪了開去，逐漸地消溶在朦朧的下弦月輝映著的夜色中。他忽然轉頭環顧，竟不見一個人影兒。李同志有意無意地加快了腳步。

一面走，李同志一面感到手中那裹在半張舊報紙裏的乾魚的沉甸甸的重量，於是又接著剛才的思緒想開了。啊哈！這位末代皇孫，今兒個的晚餐也不過是這麼半條不大不小的乾魚。這才眞叫平等啦！往昔，聽說這位老哥，每餐有滿漢全席擺在面前還直嚷胃口不開。現在，面對這麼半條乾魚，他又做何感想？這種人，就該讓他嚐嚐人生的艱苦。以前，不用說，他是一星半點也不懂的。他認爲自己是天之驕子，有權享盡人間的榮華富貴，至於百姓如何棄屍溝壑，對他毫無影響！簡直是禽獸不如，這種人！可是如今的天下，眞是大不相同，一位皇帝面對半條乾魚也會垂涎三尺。這眞叫滑稽！一位皇帝，面對半條乾魚，竟然垂涎三尺！哈哈哈哈……笑聲未住，李同志突然一眼瞅見遠處，就在煤山的圍牆外邊兒，有一個煞白的人影搖搖擺擺地晃動著。哎呀！那兒不就是李闖王進北京時崇禎帝吊死的所在嚒？

一想到崇禎吊死煤山的故事，李同志可就立刻煞住了腳步，兩眼仍然盯住那個白色的影子，同時突覺渾身的毛髮悚然而立。據說人遇見鬼時，毛髮就會自然倒豎。一念及此，李同志可就急忙轉身，也顧不得兩腿已不聽使喚了。

說時遲那時快，那條白色的影子已一陣風似地飄來擋住了他的去路。這一嚇非同小可，李同志只覺眼前發花，差一點兒就昏了過去。幸而李同志一向冷靜，仍然可以意識到在不遠不近難以確定的一段距離上矗立著一個高大的白色身影，有頭沒臉的，這還用問嗎？眞是撞上了鬼了！李同志此時只恨沒有多長兩條腿，原有的兩條已經軟叭叭地癱在地下。這當兒李同志的上牙床跟下牙床也就戰戰有聲了。

「呔！那來的是甚麼人？」面前的鬼魂開口問，那聲音就好像一面發了潮的大鼓，粗啞卻有力。

「是……是故宮的警衛呀！」李同志抖嗦地說。

「那麼……」

「那麼甚麼呀？」一面回答，李同志可就稍稍抬起了點頭來，偷偷地瞟了一眼這奇怪的鬼魂。暗忖：一個會說話的鬼，多少總帶點人氣兒，倒並不像想像的那麼可怕了。

「我倒問你，為甚麼許久不見人來祭祀了？」

「祭祀甚麼？你是誰？」李同志對自己的話不免暗暗心驚，沒想到自己到了陣仗上還著實有點膽量。

「寡人嚒……寡人常駐煤山，你竟然不知？」

「哎呀，我的老天爺！難道說您……您眞是崇禎陛下？」

「正是！」

「老天爺！老天爺！陛下不在煤山納福，來此何幹？」

「我先問你，你是故宮的哪一個警衛？」

「是李……李警衛。敝姓李，不過，是李蓮英一家，可不是李自成一家！」

「幸好你不是李自成一家！此等亂臣賊子，寡人恨之入骨！」

「說的是！」李同志趕緊附和道。

「那李自成被寡人在閻王爺駕前告了一狀，如今正在十八層地獄受罪！」

「噢？我原以爲李自成又托生了呢！」

「托生？你想殺人千萬的魔鬼還能托生？倒是你那本家李蓮英早已經轉了世，你不見當今又多了一個佞幸之臣？」

「謝天謝地！」

「有甚麼好謝的？」

「小人想，既然俺本家又做了官，將來說不得得照顧照顧！」

「我問你，你既是故宮的警衛，可知道爲甚麼許久不見有人來爲寡人設祭？」

「陛下您老人家早該知道，早就沒有甚麼祭祀的啦！」

「我國的習俗一向是愼終追遠，如何沒有祭祀？」

「陛下有所不知，在我們這個時代，祭神拜鬼都是犯禁的啦，何況是祭一個皇帝！」

「但是，滿人在位兩百年，倒從未疏忽對寡人的春秋兩祭。難道說我們的國土又爲另一類異族——比滿洲人更野蠻的異族盤據？」

「不對啦，陛下同志！現在是我們漢人的天下！再也沒有任何洋人膽敢動我們一指頭！」說到這裏，李同志不覺口沫橫溢神采飛揚起來。

「那麼說是誰取消了對寡人的祭祀？」

「我想多半是領導呼！」

「誰是領導？」

「我怎麼知道？領導可多啦！現在不但您老人家的祭祀沒啦，所有的一切一切都成了包爺鍘判官的生死簿，統統給改啦！」

「噢，寡人明白啦，原來又是改朝換代。」

「這我可不知道！只聽說現今沒有甚麼朝代，也沒有皇帝啦！」

「沒有皇帝？誰來治理國家大事？」

「人民！」

「人民？」

「人家都這麼說嘛！」

「人民治理人民？不可能！不可能！寡人一點都不相信！三億之衆，何能衆口置喙？」

「七億啦，老太爺！」

「甚麼？你說我國的人口幾個世紀以來已增加了一倍有餘？」

「我不知道陛下治下的中國有多少人口，我就知道現今是七億，報上常常提的。人多好辦事嘛！據說要不是肅反，要不是抗美援朝，人口還不止此呢！」

「你就說，像你所說偌大一個數字的人民，如何來治理國家？」

「陛下有理！這大概是不可能的事情，不過只是口頭上說說而已，教人聽著心裏痛快。其實，我們有位主席代表人民來治理國家。」

「這不就結啦！聽你這一說，事情就完全不同了。說到底，皇帝也好，主席也好，換換湯水而已！」

「不！不！陛下！這是完全不同的！」李同志急忙插口道：「我們的主席是一位天才呀！」

「你說的天才是甚麼意思？寡人在世的時候，人人都說寡人是天縱聖明，可是寡人並不置信。寡人明白，奴才之口最不可靠，今天喊你聖明，趕明兒一死就馬上改口叫你昏君！」

「那可不一樣的。我們的主席啊，他呀，他自個兒相信是天才的呀！所以說那就是眞正的天才啦！」

「就算是吧！天才又有何用？」

「呵，呵，用處可多啦！」

「你倒說說看！」

「譬如說，他是位偉大的政治家啦，他治理得部長同志們沒一個敢在他老人家面前大聲喘氣的。他是位偉大的軍事家啦，他老人家帶領我們從一個勝利到另一個勝利，把大老美在朝鮮打得屁滾尿流！他是位偉大的經濟學家，他帶領我們大躍進、大煉鋼，使我們的工業水平不到十五年就會趕過英國！那時候像香港這樣的殖民地，不用說話就自然會萬衆歸心啦！他是位偉大的人口學家，他有遠見地教導我們人多好辦事，孩子是生得越多越好哇！他是位偉大的農業家，他發明了農業八字憲法，使密植的稻田可以畝產兩萬斤。他又創立了人民公社，使不種田的農民也都有飯吃。他也是位偉大的文學家，他爲我們創造了一種嶄新的無產階級文學，雖然詰屈聱牙，可是也有蒼蠅放屁，使人人喜聞樂見！他是位偉大的……」

「夠啦！夠啦！看樣子他的兼差眞不少！你不見從前有個李後主，因兼差做詩人，連國都搞亡了嗎？」

「所以說不同嘛，庸才跟天才怎能相比？」

「庸才也好，天才也好，如今這些個零碎都與寡人無干啦！」

「甚麼？這樣的國家大事，陛下竟無動於衷？我想，陛下始終是保民愛國的。陛下不就是爲了保民愛國的緣故才吊死煤山的嗎？」

「你所說的保民愛國是甚麼意思？」

「保民就是保護人民啦！愛國？就是愛自己的國家嘛！爲了國家，可以犧牲一切，連生命也包括在內。這就是保民愛國。對不對呀？」

「這可能是些新名詞吧！在寡人之時，只說孝父忠君，不言保民愛國。一個人爲了君，是可以把生死置之度外的。」

「這麼說陛下並不是爲了國家人民吊死煤山的？」

「笑話！笑話！眞正笑話！不要忘了寡人乃一國之君！」

「這怎麼說？」

「國，不過是寡人的財產而已；民，不過是寡人的奴才！你想想寡人會爲了這些東西去尋死覓活？」

「這我就不明白啦！這麼說來，陛下爲何吊死煤山？」

「爲了榮譽！」

「您老人家的榮譽比國家人民還要緊嗎？」

「自然！自然！一國之君，永不准遭受任何玷辱！」

「我本以爲領導人都是把他所領導的放在第一位呢！」

「胡說！你看來並不像一個白癡嘛！」

李同志急道：「這是人家教我的嘛！人家說人民第一，人民至上嘛！」

「人民在哪裏？誰是人民？你是人民嗎？」

「我？當然不是！我只是爲人民服務的。」

「那麼是誰？匠人？」

「陛下說的是工人同志？不！工人同志也是爲人民服務的。」

「士兵？」

「也不是，解放軍同志是保護人民的。」

「那麼誰又是人民呢？難道說是農夫不成？」

「我想大概也不是。農民太苦，不像人民！」

「照你這般說來說去，到底有沒有人民？」

「人民自然是有的；不然我們的主席代表的是甚麼？」

「啊哈！寡人比你們的主席遠爲高明，寡人代表的可不是人民！」

「不是人民，那又代表甚麼？」

「寡人代表的是天！天，人人皆可得而見之，只要你一抬頭，青天即在。至於人民，竟如此玄妙，你居然說也說不出人民在哪裏來！」

「人民就是人民！」李同志語塞氣急地說：「人民不是你、我，不是任何人！我從來沒見過一個人民，我所見的都是爲人民服務的！」

「你這一套太玄啦！寡人還是喜歡直截了當。普天之下莫非王土，率土之濱莫非王臣。一句話，人人都是寡人的奴才！為寡人的利益和榮譽而服務！」

「奴才大膽，聽陛下說話，簡直像一個反動派！」

「反動派？這又是甚麼意思？你們創造了太多的新名詞兒，教人摸不著頭腦！」

「反動派……我不知道怎麼解釋才好。反動派就是……就是……有了，就是反革命！」

「革命還不就是造反嗎？」

「大概……大概是的吧！」

「造反可是要砍頭的！」

「你看，陛下您老人家真是太落伍啦！現今造反不但不砍頭，而是造反有理呀！」

「真新鮮！既然如此，你為何不去造反？」

「我？造反？造誰的反啊，我？」

「造你的主席的反咩！除了造你主席的反外，還能叫造反嗎？」

「陛下住口！」李同志口不擇言地急切切地道。一面左顧右盼，看清別無他人，才鬆了一口氣。

「別怕！此地只有你我，並無他人！」

「我知道沒有別人，可是仍不能不怕呀！」

「怕甚麼？怕寡人？」

「噢，不！陛下不過是一個鬼魂！」

「鬼魂還不可怕嗎？」

「鬼魂至多不過要人的性命而已！」

「還有比要命更可怕的事嗎？」

「嗯……」李同志再次轉頭窺視，四周暗夜漆漆，寂然無聲。他突然意識到自己汗流浹背。自己到底跟這個鬼說了些甚麼傻話，千萬沒人聽去才好。

「陛下允准的話，」李同志顫聲道：「時候也不早啦，我得快點趕回家去，我愛人正等我吃晚飯呢！」

「好！好！寡人准你回去！只有一件，煩你留下你手中的那個紙包！」

李同志瞅了一眼手中的紙包，躊躇道：「這是我們等了一個星期的油水，陛下要這個做甚麼？」

「也算是祭祀吧！是半條乾魚，對不對？很久很久沒有嚐過魚的鮮味兒啦！孟老夫子不是說過嗎？魚，吾所欲也，熊掌，亦吾所欲也！二者不可得兼，取魚而捨熊掌者也！你知道，天下沒有比一個失祭的鬼魂更饞的啦！」

李同志不情不願地讓手中的紙包慢慢吞吞地自行從手中滑落。說時遲那時快，李同志忽覺一陣冷颼颼的陰風直襲而來，一下子就失去了知覺。

到甦醒過來的時候，李同志發覺躺在自家的床上。已經是第二天早上了。他的愛人正拿一塊濕漉漉的手帕揩他的額頭。

一見他睜開眼來，他愛人鬆了一口氣。

「哎唷，你總算醒過來了！」

「這是怎麼回事兒？」

「還怎麼回事兒呢！昨兒個晚上，你無緣無故地昏倒在景山旁的衚衕裏，多虧一位同志把你扶回家來。你把買的鹹魚也給丟了！」

「還說呢，昨晚我遇見了鬼！」

「遇見了鬼？別教人笑掉大牙啦！」李同志的愛人當眞笑了一陣，接道：「你想，在我們這個時代居然還有鬼？」

「我眞地遇見了鬼！」李同志正色道：「我遇見的還不是一個普通的鬼，是吊死煤山的崇禎呀！」

一聽他的話，他愛人更笑得前仰後合不能自止。

「幸虧我說咱不是李自成一家，不然命都沒有啦！」

「我看你倒是個機伶鬼！眞是白天見鬼！」他愛人笑著罵道。

「怎麼，你不信嗎？」李同志齜牙瞪眼地說。

「你不如說你遇到了強盜，刼去了你的鹹魚！」

「在我們這個時代，你不信有鬼，倒信有強盜！」李同志悻悻然地說。

癩蛤蟆自殺！

在一個深秋的黃昏，夕陽的霞光把西山的紅葉塗上了更爲富麗炫目的色彩的時候，一隻癩蛤蟆跳上了一處懸崖上的巨石。他蹲踞在下臨無底深淵的岩石上，開始思索：

「我，我是一隻癩蛤蟆。我會跳、會游、會咯咯地叫。任何別的癩蛤蟆可以做的事，我都可以做；任何別的癩蛤蟆做不了的事，我也沒轍！所以結論是我是一隻不折不扣的癩蛤蟆！

「我是一隻癩蛤蟆，從前是，現在是，將來也是！然而，做爲一隻癩蛤蟆，從前我倒是滿快活的，現在我才忽然要問：爲甚麼？可能是我本來不知道在我的生活中，除了老老實實地做一隻癩蛤蟆外，還會有甚麼別的可能。何況，那時候我還沒有養成思考的習慣。那時節壓根兒也沒想到要去尋找何以快活的理由。現在我簡直一點兒也不懂一隻癩蛤蟆怎麼能夠會那麼地快活？我跳的時候，我感到一種不可言喻的自在——一種癩蛤蟆式的自在！我咯咯叫的時候，我也感到一種不可言喻的自在——一種癩蛤蟆式的自在！那時候做爲一隻癩蛤蟆，一點也沒感到有甚麼不自在。

「但是，突然間，人家給我洗了腦——眞是一種了不起的經驗！我的腦子一洗，不用說我變得比以前不知聰明了多少，不知正直了多少，不知仁慈了多少，不知慷慨了多少，不知……總而言之，言而總之，也就是說我變成了一個比癩蛤蟆不知要高尚幾千幾萬倍的一個生物！從此以後，我的生活就完全改觀了。

「由於我的聰明智慧的提高，我開始學會了思考，思考我自身的存在問題。於是我感覺到我會成爲一個眞眞實實的高尚的生物，如果我沒有這一張癩皮的話。

「唉！從此我不敢再在池塘裏看我自己的面貌！以前我怎麼竟沒有發現我是如此的醜陋！矮胖、癡笨，再加上那一張佈滿了癩疙瘩的皮！在魚們自由自在地游、鳥們自由自在地飛的時候，我卻只會一蹭一蹭地往前跳。在衆鳥婉轉歌唱的時候，我卻只會咯咯地叫。我怎麼從前竟完全不曾意會到造物的如此不公，使我們癩蛤蟆過著這麼一種可憐的營生？我恨透了我這張癩皮，呸！要是我不是隻癩蛤蟆，我一定不會有今天這麼不幸！一想到我一生一世就是這麼一隻癩蛤蟆，我就氣得要發起瘋來。世界上還有甚麼比一個高超的心靈活在一張癩皮裏更爲悲慘的事？

「現在對我唯一的快樂，就是終於明白了一隻癩蛤蟆的生活是完全不值得快樂的！要是我不曾有今日這麼高超的一副心靈，也許我還可以安於這一張癩皮。可是我的老天，我怎麼可能想像我竟然有一天會下流到活在一張癩蛤蟆的皮裏！」

他張開嘴來，覺得有一股苦汁直流進他的喉嚨裏去。

「總之，」他自言自語地道：「做一個高超的生物實在太難了！除了摔掉這一張醜陋的癩皮以外，我還有甚麼選擇？沒有！絕對沒有！這是我唯一的希望！唉！如不曾有過洗腦的這種了不起的經驗，我怎麼會有這麼邏輯的一種思想！」

他朝後稍一挫身，傲然地矗立在他那四條長滿了癩疙瘩的小短腿上，使出了全身的勁道，大喊了一聲：「洗腦萬歲！」又抬起悲哀的兩眼好好地瞧了一眼那浴在紅艷艷的夕陽中的一片血也似一般美艷的山景，一聳身就跳向那無底的山崖下去了。

蒼蠅

天氣實在太熱了，朱同志拿一塊早已爲汗水浸透的手帕，不停手地抹拭著他那汗浸浸的前額。小矮個、瘦身材、禿頭頂，五十多歲的朱同志解放前本在一家煤礦公司當小職員，解放後給分配到北京礦業部的一個附屬機關裏工作，職位仍是小職員一名。他的隨和的脾氣和沉默寡言，使他既不招惹是非，也不引人注意；卻寫得一手好字，是個抄報告的能手。所以在這麼多同事都下放去從事體力勞動之後，他還能靜靜地待在這麼個不惹眼的角落裏，默默地爲他的上司抄寫政治報告。

北京八月可以熱死人，鄉下那還用提嗎？曠野大日頭的！在辦公室裏工作，總有個屋頂遮遮蔭。想到這裏朱同志不由得不爲自己深自慶幸。但另一方面又不禁艷羡那幾位可以到北戴河度幾天假的高級上司。

要是我病了，他想，可能說不定也有機會給送到北戴河的幹部療養院，去住那麼幾天？可惜又沒病！要是我裝作生病的樣子呢？譬如說忽然暈倒在地，雙目緊閉，一言不出，在這種大熱天兒裏，誰會懷疑我不是中了暑？可是中暑的人要不是就地一命嗚呼，總很快就會復元的。不成！再說，要是中暑的人都送到療養院去，那療養院的屋頂不早就給擠破了？得想個別的主意！要病嘛，得生重病才行。甚麼重病呢？痢疾？不行，就是個赤腳大夫也馬上可以診斷出來。虎列拉？太嚴重了，更騙不了人！發瘧子！哎呀，不錯，可叫給想到了，這是個好主意。這個病，說重不重，說輕不輕，只要我裝出一忽兒冷一忽兒熱的樣子，準騙得過幾個光腳丫兒大夫。

越想越出神，朱同志伏在他正在抄寫的政治報告上，用夾著鋼筆的中指跟食指輕輕地有節奏地敲打著辦公桌的桌面。

「哎，」他忽然給自己扮了個鬼臉。「要發瘧子，那得有蚊子才行。可是自從滅四害之後，偌大的個北京城裏再也找不出一隻麻雀、一隻老鼠、一隻蚊蟲、一隻蒼蠅……

眞像跟朱同志開玩笑，正想到這個節骨眼兒上，忽然耳旁竟響起營營營營的聲音。

「老天！一隻蒼蠅！」朱同志的頭貨郎鼓兒似地向兩旁轉了兩個半圈，終於讓他看見有一個小黑點兒懸在離他頭頂不遠的半天空裏。大概是受了汗臭的吸引，正在童山濯濯的朱同志的禿頂上尋找降落的基地。在這麼平滑的一個基地上降落，還眞不容易。那隻蒼蠅試了幾次都沒有成功，彷彿激怒了似地發出一種煩人的營營聲。朱同志揮了幾次手臂都沒有把這隻蒼蠅趕走。營營營營仍然繞著他的禿頂飛旋不止。他站起來，營營營營……他又坐下，營營營營……

「他媽的！這聲音眞教人討厭！」朱同志搔著他的鬢角這麼罵著。鬢角裏倒還有幾根灰髮聳立著。

營營營營，蒼蠅繼續繞著他的頭頂打圈子。

「這聲音……這聲音……」朱同志呆呆地望著半空咕嚕著：「這聲音好像不是蒼蠅叫嘛！莫非是自從蒼蠅絕種以後，我連蒼蠅的聲音也記不清了？」

信。

他又側耳細聽，不由得大張了嘴給驚呆在那兒。他聽到的聲音簡直令他無法置

「牠唱些甚麼？不可能！不可能！倒眞像是唱詩似的。關關雎鳩，在河之洲；窈窕淑女，君子好逑。媽的，詩經！詩經！可不是嗎？一隻蒼蠅在唱詩經……」

他是一個七八歲的孩子，正站在一扇窗前背誦詩經，他的面前不遠處端坐著他的老師。那眞是一位「老」師，臉上全是皺紋，鬍子都白了。老師一面聽他背誦，一面靜靜地抽著水煙袋。好像是春末夏初的時光，從洞開的窗戶裏可以看見園中嬌陽下盛開的各色花朵，幾隻蒼蠅跟蜜蜂正奏著嗡嗡營營的音樂。他一面背誦詩經，一面瞟著窗外。他眞想自己可以化作一隻蒼蠅或蜜蜂，飛出窗去，從一朵花飛到另一朵花，嗅著那醉人的香氣……

營營營營蒼蠅繼續唱著。他忽然又回到這奇異的現實中來。

「眞是不可想像，一隻蒼蠅竟會背詩經！」

他一面挺著耳朵細聽，竟不由自主地跟牠一同背誦起來。

驀地他住了口，臉上原來鬆弛的肌肉馬上僵挺了起來，兩眼直勾勾地瞪著面前

的報告。

「我這是怎麼啦？這篇報告不是很要緊嗎？我不是得六點鐘以前把它趕完嗎？」

他立刻振筆抄寫起來。但是營營營營……

「他媽的！他媽的！他媽的！還是他媽的詩經！爲甚麼選這種時候來嘮叨？爲甚麼又偏偏選我也會背的那幾首？」

「倬彼甫田，歲取十千；我取其陳，食我農人……」

營營營營……不知不覺地他又跟著蒼蠅背誦了起來。

「報告呀！」一想到這裏，不禁又打了個寒戰，兩眼又落在面前的報告上。「這篇報告怎麼辦，要是我一個勁兒地跟這隻狗養的蒼蠅背詩經？」他去猛抓他的頭皮，竟把兩鬢所留無幾的灰髮又抓落了幾根。

「天！我怎麼竟會忘了這個法寶？」機器人似地朱同志打褲口袋裏把《語錄》掏了出來，打開來攤在面前的報告上，他定了定神，集中神思唸起《語錄》來。天知道爲甚麼，沒過多久他已發現他眼裏看的是《語錄》，心裏想的也是《語錄》，可是嘴裏唸出來的卻是他媽的詩經！

他站起身來，左揮右舞，想盡了方法想趕走這隻蒼蠅，然而嘴裏卻不停地在背誦詩經。沒法子，又坐下來，喘著氣，用那方早已濕透的手帕猛擦頭上的熱汗。可是嘴裏仍然不曾停止背誦詩經。又站起來趕蒼蠅，背詩經；再坐下來喘氣，擦汗，還是背詩經……這一連串不停不甜的動作教人看起來朱同志簡直成了個小瘋子。最後，他終於想起來，不如到厠所去暫避一避，躲過這隻殺千刀的蒼蠅。

他怕這隻蒼蠅跟定了他，假裝站起來溜溜腿的樣子，一個猛轉身急步竄進厠所裏去，趕緊把身後的門關了起來。萬幸！萬幸！竟讓他把這隻惹厭的蒼蠅關在了門外。打開水龍頭，一股涼滲滲的清泉直噴了出來。掏一把洗了臉，洗了脖子，連光頭也一併擦了幾把。經過這一番沖洗，朱同志覺得舒暢多了。只有一點連他自己也覺得莫名其妙的是他嘴裏仍在不停地背誦詩經！眞他媽的邪門兒！

他打開厠所的門，營營營營蒼蠅正在門口等著他呢！更叫他吃驚的是，他們竟在背誦著同一首詩，而且一打照面竟不前不後地恰恰落在同一個字眼兒上。

莫不成是在做夢？朱同志覺得糊塗起來。然而事實上不管詩經不詩經，頭腦清楚無比。用手拍了幾掌禿頭，也覺得疼痛。他也並不曾忘記他正在抄寫的政治報告。他知道這隻蒼蠅無論如何是趕不走的了，就只好坐下來用跟他們背誦詩經同一的速度繼續抄寫他的報告。幸而六點一到，他恰恰正好把一篇報告趕完。他知道這種報告有多麼緊急，就忙不迭地收拾起來送到他的頂頭上司副主任的辦公室裏。

因爲是緊急公事，副主任連看也來不及看，就又轉交給了主任同志。

主任一接報告就趕緊打開來檢閱一番，以便批注。誰知沒看幾行，主任就突然傻楞楞地呆在那兒啦！喘一口氣又繼續看下去。不到幾行，又是一楞。不管如何又硬著頭皮看下去。經過不知多少次的傻楞楞，總算把這篇報告從頭到尾看了一遍。一手拿著報告，主任同志可就大踏步地走進了副主任的辦公室。

「這篇報告是誰抄的呀？」主任故作鎮定地問道。

「朱同志嘛！跟往常一樣都是他抄的。」副主任有點擔心地回答。

「這個人政治上沒問題嗎？」主任又問道。

「問題我想是沒……噢，也許……總之……我也不大清楚。這個人一向就是沉默寡言。」

「你看看這個！」把手中的報告捅到副主任的鼻子底下，主任繼續道：「報告中所引的主席的語錄都給抄成莫名其妙的不知道甚麼樣的資產階級的咒語啦！你想，其中不會有甚麼政治陰謀？」

一手顫顫抖抖地接過了報告，副主任趕緊把鼻子埋下從頭到尾細細地讀了起來。不到幾分鐘，副主任笑得前仰後合，腰都直不起來啦！「這不是甚麼資產階級的咒語，這不明明是抄的詩經嗎？」

「詩經？」主任劈手把報告搶了過去，自己也把鼻子埋下去，細細地讀了起來。

「對！對！你說得對！是詩經裏的詩。」主任也洋洋得意地說。但這得意的顏色春光乍洩似地一閃即逝，馬上又換上一副凝重的臉色。「詩經？不是孔老二寫的嗎？孔老二就是個不折不扣的資產階級。說眞的，我眞怕其中有甚麼政治陰謀！」

「詩經倒也不能算是孔老二寫的。」副主任慢條斯理地說：「詩經裏收的多半是古代人民的歌謠，孔老二哪有本事寫出這種東西來？不過，不管怎麼說，這位朱同志眞是有點兒邪門兒。幹啥憑空地把主席的語錄都抄成詩經呢？眞是發瘋！」

「你看怎麼辦？」主任又緊一板。

「只好讓他重抄一遍啦！是吧？」

「他呢？」

「他甚麼？」

「你想他眞沒有甚麼政治問題？」

「這個，倒很難說。這個人一向沉默寡言，也許太沉默寡言了，叫人覺得不知道他葫蘆裏賣的甚麼藥。無論如何，今兒個看他寫的這個，倒可以說這個人有點神經。」

「憑他今天的這一手，就是個危險分子。你說是不是？」主任的成見好像已難以改變。

「對！主任，你說得對！」副主任附和地說。

「我想最好還是請他下鄉學習學習。你覺得怎麼樣？」

「這倒是個好主意。」副主任嘴角邊掛著半個笑：「我們總犯不上替這麼個神經兮兮的傢伙擔甚麼風險！只可惜了他這一筆好字！」

如此這般朱同志給下放到新疆省的紅旗村，那邊的農場裏正需要大批人手。

一下火車朱同志就楞住了，原來在火車門口，正有一隻特大的紅頭蒼蠅在那炙人欲熱的烈日下，營營地飛叫著。

「好呀！狗娘養的！你還要來找我的麻煩！」朱同志惡狠狠地破口大罵，一面舉手用力拍去。但是他舉到半空的手竟猛孤丁地在半空中煞住了。原來他聽見這隻蒼蠅背的並不是詩經，卻是道道地地的主席的語錄啦！

驅狐

做夢也想不到，一天晚上竟來了這麼一位意外的訪客——筱風，著名的京戲演員，我童年的好友。

我個人並不喜歡京戲，也很少看戲；然而我的三叔在「解放」前卻是一個登過台的票友。因爲三叔的關係，我也認識不少當時所謂的「戲子」。自從三叔死後，我就很少再跟他梨園界的朋友接觸了。筱風的父親在抗戰前後是響噹噹的名角，也是三叔的朋友，因此我跟筱風打小就熟識。

筱風略長我幾歲，打小兒就是個人見人愛的胖娃娃。其實他並不眞胖，只是令人覺得肌膚豐盈，臉上的顏色有點像年畫裏邊騎鯉魚的胖哥兒，頭髮黑得差不多發藍，嘴唇紅得欲破，兩個圓骨碌的眼睛是黑白分明，鼻尖兒上幾乎常年掛著那麼一兩點汗珠兒。我們走到哪兒，人們的眼睛都跟著他打轉兒。我自覺長得也不差，可是就沒人看我。跟他在一塊兒，好像我人全不在那兒一樣。

現在呢，看見他以後，可眞把我嚇了一跳。他變了！要不是他那一雙圓骨碌的眼睛，我簡直不敢相信他就是筱風。也許是因爲年紀的關係，他竟變得這麼削瘦蒼白，兩肩聳立著，背也好像有點駝，臉上再也沒有年畫上胖哥兒的那種鮮盈的顏色。就是他那一雙圓骨碌的眼睛，也失去了昔日的光采，顯得呆癡而茫然。特別是當他凝神注視的時候，叫人覺得眼中空洞洞的，好像甚麼都沒看見。

「要不是親眼見到你，我還總以爲你仍然在北京的戲園子裏給人叫好呢！」在表示完了我意外的驚喜之後我這麼對他說。

「我離開北京有不少時候了。」他悽然地笑了笑：「北京，你知道，是老家呀，撇不下的。可是我眞不敢想，今生今世還有沒有再見北京的一天！」

「爲甚麼？」

「唉！說來話長。」連那一絲悽然的微笑也打他的唇邊悄悄地撤退了。他兩眼直勾勾地望著腳前，好大半天才又突然說：「還是不要談吧！」

「我明白，我明白，」我故作解人地說：「北京自從解放以後變化可大啦！對不對？」

「可不是……」說了這麼三個字，又斷弦了。我明白他不多麼想接這個話碴兒，因爲一忽兒他抬起眼來改口問道：「三叔好嗎？」

「你是說我三叔？他過去好幾年了。」

「啊？」他略帶驚訝地望著我。

「你知道三叔是老北京，他哪裏離得開北京呵！你想三叔的年紀也還不算大，身子骨又硬朗，這麼早早地就謝世了，怕不是想北京想死的！他嘴裏不說，可是心裏明白他是回不去的嘍！」

「就跟我爹一樣，也是想北京想死的，雖說他並沒有離開北京。」

「不錯，我在報上看到伯父過世的消息。可是我不明白你的話，他既然沒離開過北京，怎麼會想北京想死的呢？」

「因為……」他躊躇了一會兒才又道：「就像三叔一樣，他想的是那老日子呀！」

「不錯！對這些老一輩的人來說，北京的變化實在太大啦！」

「不但對老一輩的……」

「你說得對！」我插口說：「就是對我們年輕的一輩也夠嗆。我們還不也叫這些個天翻地覆的變化搞得頭昏眼花的。」

「不幸……也許是幸而我們生在這種偉大的光榮的時代……」他嘆了口氣，憮憮地道：「還是談點別的吧！」

登時我們都覺得好像無話可說了。他仍然盯視著自己的腳尖，兩手安靜地擺在膝頭。

我忽然聽見廚房裏碗碟相碰的聲音，才想起一句話來問道：「你大概還沒吃晚飯吧？」

「吃過了！」他說著站了起來。

「吃過了？這麼早？」

「嗯……嗯，其實還沒呢！」他忸怩不安地說：「我不願打攪你，我只是來看你的人來的。」

「那你就見外啦！你這樣的遠客，平常請都請不到的。」

「我就怕麻煩人。我來以前，也沒先通知你一聲。」他說著竟然臉上紅了一陣，很不安的樣子。

「別客氣啦！不要因爲我們多年不見就該成了陌路人哪！」

他好像在我的話裏聽出了我的誠意，就又坐了下去。

在吃飯的時候，他還是一副無精打采的神氣。我們倆對飲了兩大杯茅台以後，他才似乎活潑了一點兒。藉著這點酒勁兒，我彷彿又看到了些幼年兒時筱風的影子。剛才看了他這副身架，我眞想我認識的筱風早已一去不返了。

我的書房裏擺著兩張大躺椅，爲了談話方便，我就讓他到書房裏來坐。

他坐在一張大躺椅裏，順手在書桌上取了一本書，一面翻弄著，一面有一搭無一搭地問：

「這些年來你都在做些甚麼呀？」

「我？還不是教點書，同時也作點研究工作。」

「研究甚麼？」

「還不是文學嘛！在我們這個時代頂沒用的玩藝兒！」

「總比我們這一行強得多！」

「說哪裏話！你是藝術家，不知有多少人崇拜你呢！」

「算了吧，別挖苦人啦！你知道解放前幹我們這一行的叫戲子。常言道：戲子、王八、吹鼓手！你看看，我們在社會上有甚麼地位？一解放，我們比誰都高興。心想，解放啦，總可以揚眉吐氣了吧？誰知道……唉！」他又閉口不語了，眼光卻在手中的書頁上掃來掃去，好像又並沒有眞注意手裏拿的是甚麼書。但忽然問道：

「你看這個？」

「是啊！」

「這不是蒲松齡的《聊齋誌異》嗎？這不是一本鬼話連篇的書嗎？」

「正因爲如此，我才有研究它的興趣。我已經看了不知多少遍啦！」

「這種書眞値得去研究？」

「我也不知道值不值得，我想至少題目是挺打眼的：文學中的民間迷信——鬼狐人化的象徵意義。」

「你想這眞只是迷信嗎？」

「噢，筱風，你比我大不了幾歲，我們生在一個科學昌明的時代，一切都得用科學來解釋；不然，人家不拿你當瘋子才怪！」

「你說得不錯！」他低下頭去，沉思默想地。等他再抬起頭來的時候，他眼中閃著一種奇特的光采，像揶揄，又像惆悵。

「你不說把這本書看了好多遍了嗎？你一定熟悉不少狐狸的故事吧？」

「那還用說嘛！」

「我倒想問問你，你想狐狸眞的能變人嗎？」

「如果用科學來解釋，這是不可能的，老兄！」

「不！我不管科學不科學，我問你自己的意見。你自己總有點個人的看法，對不對？」

「說老實話，知之爲知之，不知爲不知，對這樣的問題我只能說不知！我們的知識多半是打書本上來的，是別人的經驗，或者是別人寫的別人的經驗。特別是這幾十年，報章雜誌越來越多，電視節目越來越豐富，不管甚麼問題都有專家在替你解決。你越來越可以躲在屋子裏看書、看報、看電視，連麥子和韮菜你也分不清楚，連北斗星在哪個方位你也懶得自己去對證一下。天下的事物又那麼多，叫你事事都親身去體驗自然也是萬萬不能。在這種情形下，其中要是有人撒了謊，叫我自己去證實，那又如何辦得到呢！我自己從來沒見過一隻狐狸變成人，可是我也不敢說絕對不可能。你要問我人爲甚麼長成一個鼻子兩隻眼睛，而不是別的樣子，我也一樣沒法答覆你。」

「正是如此！」他眼中突然閃出光來。「爲甚麼我們人長成這種模樣，而不是另外一種樣子？爲甚麼我們人一生就只有一種形態，可是有些動物，像青蛙、知了、蝴蝶，一生要變化好多次？這個很神秘，對不對？」

「這是自然的奧秘，天知道爲甚麼！」

「所以說，既然你對這種故事有興趣，我才想起問問你自己的意見。到底你覺得有沒有狐狸變人的這種可能性？」

「說實話，老兄！蒲老這本書，叫人越看越著迷。對這個問題，我也不免糊塗起來啦！自然啦，我也可以用科學腦子來想，可是一想到達爾文，我就更糊塗啦！達爾文的理論不是挺科學的嗎？可是達爾文竟主張人是從猴子變來的，猴子又不知道從甚麼別的東西變來的。推來推去，我們最早的祖先好像不過是一個單細胞的軟體的阿米巴。我就想不通，不管經過多少年代吧，一個阿米巴怎麼竟成了現在我們這種樣子？是甚麼原素使牠一點一點改形變貌的？這倒還不如乾脆像《創世紀》說的，人是上帝造的。上帝嘛，祂要造甚麼樣子，就是甚麼樣子，這倒也乾脆俐落！所以說嘛，這個世界上總有它神秘的一面，是我們抓不到的，也許永遠也抓不到。」

「我……我……」他的語聲很激動，但同時又頗猶豫，好像喉嚨裏卡了根魚刺，既想一吐爲快，可是一時又吐不出來。突然，他終於下了決心似地：「我給你講個故事，行不行？也許對你的研究有點幫助也說不定。」

那還有不行的嗎？故事，我是最愛聽的了。我雖然沒這麼說出來，可是他看我一瞪眼一咧嘴，就明白我的興趣有多麼大了。他就朝前拖了拖坐著的躺椅，往前探著身子，用一種低啞但微微顫抖的聲音講起他的故事來。

有一個年輕的京戲演員，家裏兩代都是唱戲的，所以打小、打很小很小的時候就開始學戲了。十二三歲已經在三慶跑龍套了。你還記得三慶嗎？勝利那年，他才十六歲，已經算一角。雖然掛的不是頭牌，但演的卻是相當吃重的角色——長板坡的趙子龍！你看夠不夠分量呀？才十六歲！他年輕、漂亮，再加上靶子紮得結實，就甭說有多麼招好了。一身銀盔銀甲，一亮相就是個滿堂彩。從此就成了三慶的一寶，當時公認最有前途的武生。爲了說起來方便起見，咱們就管他叫李良好啦！李良名子行不行呀？你要覺得不順耳，也可以另外換一個。好！你既然點了頭，那咱就叫他李良啦！你還記得吧？那時候你還小，也許記不清楚了吧？抗戰一勝利，接著就是內戰啦，烽火滿天遍地瘡痍，外省哪裏都去不得。幹咱這一行的，老吃北平還成？（那陣子北京叫北平）李良當時能演的戲也有十來齣，但最拿手的還是長板坡、挑滑車、閱虹關那麼三兩齣。這三兩齣不管演得有多麼好，誰能整天價光看李良的長板坡、挑滑車呀？就是梅蘭芳的天女散花，也不能老在一個地方散呀！所以唱戲的全靠跑碼頭。這裏演幾天，那裏演幾天，彩也招了，錢也賺了，戲越演越熟，越熟越好，名自然也就起來了。哪個名角不是靠幾齣拿手戲？樣樣都演還成！我不是說來嗎？當時是戰火燎原，外省簡直去不得，只剩下幾個大城還可以跑一跑，也得在天上飛來飛去地才行。李良當時就跟人家的一個班子，先飛瀋陽，又飛長春。到了長春，還沒來得及登台，就大事不好啦！有錢有勢的都跑啦！八路軍已經把長春圍得鐵桶也似的，誰還有心情看戲呀？當時的飛機光搬大元寶都來不及，哪還有空位子來載戲子呀？這個班子，戲既演不成，飛又飛不了，就給憋在長春啦！好在不久長春就「解放」了，李良的戲班子搖身一變成了紅軍政工團的一部分。幾個老頭子最恨共產黨，甭說嘴噘得可以拴頭叫驢。李良卻覺得滿神氣。在舊社會中，一個戲子算甚麼？現在是爲人民服務爲解放事業獻身的戰士。雖然不上火線，在舞台上作戰也是戰士呀！既安全，又是戰士，你說該有多美！

在政工團裏李良碰到了另外一個沒有甚麼名氣的女戲子，我就管她叫胡蓮吧！胡蓮跟李良同歲，當時都是十八。在那種年紀，兩人可說是一見鍾情，馬上就同居起來。那時候誰也沒想到舉行婚禮這一些俗套，要革命就得有點革命家的味道，對不對？

他們從長春跟著解放軍入關，一直到北平和談以後，才又跟著解放軍回到北平。

這時候北平又改回前淸的老名子叫北京了。李良在北京多少是有點名氣的，人又年輕，因此很受到當局的重視。當時演的戲碼，都是經過黨千挑百選的。長板坡仍然在時常演出的戲碼中。李良一登台，又是滿堂彩，比解放前還要轟動。不幸，好日子沒過多久，京戲逐漸成了給人攻擊的目標。人家說京戲演的全是些帝王將相，又充滿了封建意識，裏裏外外全無是處。人家還特別指出京戲是舊社會統治階級向人民灌輸迷信散播毒素的工具。你看，這樣的戲還怎麼演得下去？可是那時候樣版戲還沒有出籠，除了這些充滿毒素的老戲碼以外，還眞無戲可演，所以北京的戲園有的改映電影，有的改演話劇，有的乾脆關門大吉。我們這些吃這行飯的，多虧黨的照應，照樣有吃有喝。有時候跑跑堂會甚麼的，哎呀！我可不應該用「堂會」這個封建字眼兒，應該說聯歡晚會。在聯歡晚會上看戲的都不是普通沒有抵抗力的人民，所以放點毒也沒有多大要緊。有趣的是連那些大罵京戲害人的也忍不住來吸毒一番，而且毒越大越覺得過癮。

雖如此說，李良跟胡蓮的心情已不再像剛解放時那般興奮了，而是一天天沉重起來。第一因爲二人都習慣了舞台生活，現在光偶然跑跑堂會，不！聯歡晚會，實在覺得不夠過癮。第二，也是更重要的一點，解放前爲人不齒的戲子，本指望解放後可以揚眉吐氣，誰想到京戲又成了放毒的工具，那唱戲的比誰中毒都要深，眞是跳進黃河也洗不清呀！

幸而到了一九六五年，樣板戲開始出籠啦！革命樣板戲呀，有誰還膽敢來指責？誰要說一個不字，那不是現行反革命嗎？李良跟胡蓮是第一批被選中出演樣板戲的演員。劇中的腳色不再是帝王將相，而是工農兵人民大衆了。戲裝也不再是那麼耀目生輝的金碧輝煌，而成了普通的舊軍裝、破棉襖。戲的內容自然也不再是宣揚封建道德、迷信思想之類，而成了發揚階級鬥爭、反封建、反迷信的革命思想。不過京戲的傳統唱腔和動作還是保留了的，不然那就乾脆叫甚麼都好，還叫京戲幹嘛呀？

李良又興致勃勃起來。雖然觀衆不多麼識抬舉，表現得頗爲冷淡，可是對李良來說，重要的是有戲可唱，不管樣板戲也好、傳統戲也好，總可以又登台了。胡蓮呢，卻恰恰相反，不但對樣板戲提不起甚麼興致，而且一天比一天緊張，一天比一天煩躁，一天比一天憂愁。她無法拒演人家派給她的角色，所以演起來只能敷衍塞責。

到了六六年新年左近，李良與胡蓮相逢一轉眼差不多二十年了。一天晚上他們卸妝後步行回家，適逢下起雪來。兩人都穿著大棉靴，把風帽也放下來包緊了頂不禁凍的耳朵，倒也並不覺得多麼寒冷。李良與胡蓮兩人相偎相依地踏著淺淺的一層雪花走去。沒走幾步，李良已經感到胡蓮的身體在他的臂膂下微微地顫抖起來。

「你冷？」李良說著把胡蓮摟得更緊了。

「不，我不冷！」胡蓮這麼說，可是抖得更厲害了。

「你在打哆嗦呀！」

「那不是因爲冷，那是……那是……」

「是甚麼？」李良問。

「是因爲我怕！」

「怕？怕甚麼？」

「怕我自己！」胡蓮說。

李良停下了腳步，在路燈藍瑩瑩的光下他看見胡蓮眼中竟滴溜溜地含著一滴就要滾落下來的淚珠。說實話，他已經爲胡蓮的情況憂慮了很久，但總問不出個所以然來。這時他溫柔地注視著胡蓮，雪花在他們周圍鵝毛似地飛舞，他忽然感到他們兩人是離世獨存無法分割的一對患難夫妻。有幾片雪花飄落在胡蓮的臉上，他輕輕地為她拭去。他終於再也忍不住內心的焦灼，竟激動地說：

「胡蓮！你無論如何得告訴我，你近來這麼緊張，這麼愁苦，到底為了甚麼？每次問你，你總找個不關緊要的藉口來搪塞我。你明知道我不會相信你說的。你一定隱瞞了些甚麼。為甚麼不可以告訴我？也許真正的原因是你變了心吧？」

「要是我變了心，」胡蓮抬起頭來直視著李良的眼睛說：「我就不會這麼難過。」

「我不懂！」

「你眞的要知道為甚麼？我告訴你，我現在就告訴你！」胡蓮激動地說：「那是因為我害怕失去了你，我害怕離開你，我害怕我們共同的日子就要完了！」

「傻瓜！」李良說：「二十年的患難夫妻，你還信不過嗎？噢，我明白了，也許你想我們並沒有舉行過甚麼儀式……」

「我並不像你想的那麼封建！」胡蓮打斷了他的話說：「我並不在乎甚麼儀

式！也許我沒有把話說明白，我應該說，我怕失去了我，我自己！」

「失去了你自己？爲甚麼？」

「啊，這要打哪兒說起？」胡蓮垂下眼光，好像怕別人看到她的心思：「我就是告訴你實話，我想你也不會相信的。」

「我？我相信！就是頂可怕的事，我想我也受得了。我寧願面對現實，也不願看你這麼受罪！」他有些緊張起來，竟忍不住著力搖撼著胡蓮。以下的話兩人說得都很急促。

胡蓮說：「我知道，你不但不會相信我的話，你一定認爲我發了神經。」

「不！不！」李良急道：「我保證不會！我只求你告訴我，告訴我實話！」

「不！我沒法子告訴你甚麼，因爲不但是你不會相信我，就是我自己也不會相信！」

「到底是甚麼事兒？到底是甚麼？」李良差不多要動氣了。

胡蓮卻一頭扎進他的懷中，不能自止地啜泣起來。她一面哭一面斷斷續續地說：「沒……沒甚麼。我求你，別再追問我。沒甚麼……也許是因爲太累的關係……你知道，現在我們拿手的戲碼都不能上演，我們得從頭學起，學這些新樣板。特別是在這麼短的時間，說演就演，字也不曾正，腔也沒有圓。一想到兩個月不到就要登台，我就忍不住心驚肉跳。」

「你是說的《驅狐》這齣戲？」

「可不是嗎？驅……孤！我恨透了這齣戲！」

「為甚麼？人人都說這是樣板戲中頂呱呱的一齣。」

「我就是恨這齣戲，有甚麼辦法！」

「大家都說這戲裏有戲，意識觀念又正確。驅狐就是消滅人民頭腦中的牛鬼蛇神，破除迷信嘛！」

「不管它多麼好，可是我就不能不恨它！」

「忍耐點吧！這個時代誰能只做順自己意的事兒！」

說到這裏，兩人似乎都鬆了口氣，重新冒著綿密的雪花走回家去。

打這天的談話以後，李良對胡蓮更關心了，不如說在關心中夾雜著一大部分的擔心，因為到底他還是不明白胡蓮煩惱的眞正原因。有好多次李良發現胡蓮獨自坐在鏡子前發呆。

《驅狐》上演的頭一天夜裏，李良在睡夢中被一種壓抑的抽泣聲驚醒。在半睡半醒的狀態中他意識到胡蓮不在身旁。這一驚使他完全淸醒過來，在黑暗中他看見存戲箱的鄰室有燈光從門縫裏射進來。他躡手躡腳地下床來，輕輕地打開鄰室的門，就見胡蓮正穿著明日上演的《驅狐》的戲裝坐在鏡前雙手掩面低低啜泣。聽到開門的聲音，胡蓮猛一抬頭，把李良嚇了一跳，原來映在鏡子裏的胡蓮的一臉登台時才化的濃妝已爲眼淚弄得狼藉不堪。

「你這是怎麼啦？」李良擔心地問。

「明天……明天……明天……」胡蓮卻只重複地呢喃著這幾個字。

「別怕！」李良安慰地說：「我們排得已經相當不錯了。你看吧，你明晚保管得個滿堂彩！」

「不是爲的這個！」胡蓮說著迎上來摟住了李良。

「那又是爲甚麼？」

「你記不記得明天正是我們二十年前相逢的一天？」

「是嗎？」李良不勝歉疚地說：「你不說我倒眞忘了。你知道，我們的事兒這麼多，除了排戲，還有政治學習，這些私事反倒不得不擱在腦後了。你一定會原諒我是不是？明天散場後我們再來慶祝！」

「散場後？」胡蓮抬起眼來望著李良，可是又好像並沒有看見李良，而是透過李良盯視著些不可見的甚麼。「也不是爲了這個，老哥！」說到這裏她倒噗哧笑了一聲，一聲有聲無實的笑，卻把李良抱得更緊了。

「我想我沒法再瞞下去！」胡蓮終於費力地說：「我已經讓你操心這麼久。以前我不願告訴你實話，只不過是怕增加你無謂的煩惱，因爲就是你知道了實情，也是無濟於事的。」

「你看你說的？要是夫妻中間再不能分擔憂愁，人間還有甚麼可信的人呢？然而話又說回來，要是有些事情眞那麼不便於告訴我，我也絕不強你開口！」

「不！不！你從沒有強要我做過甚麼，現在是我自己決心要告訴你，不然，就來不及了！你會因此終生莫名其妙，不明所以！」

「可是我也不願叫你難受。」李良說。

「有時候事情會比難受更糟！你可知道……知道……」說著胡蓮鬆開了李良一步步慢慢向後退去。她一瞬間好像老了許多，疲乏無力地又坐回原來的位子裏，眼睛卻並不曾離開李良。「你可知道……準備好，可別要嚇一大跳！我要告訴你的是……」胡蓮頓了頓，忽然吃力地破口而出道：「我並不是一個『人』！」

縱有二十年的夫妻之情，在這種午夜時分，加上胡蓮脂粉狼藉的一張臉，聽到這種話，李良也像觸電似地覺得一股涼意從脊椎直透腦頂。然而他立刻就鎮定下來，強笑道：「你說甚麼？別發神經了吧！」

「你看，我早就料到，如果我一旦告訴你實話，你準會當我神經！」

「你不是人，又是甚麼呀？」李良仍然強笑著說：「你總不會像《聊齋誌異》裏的美女，忽然告訴我你原來是鬼變的吧？」

「我不是鬼，但是狐，狐狸！你懂吧？不折不扣的一隻狐狸精！」

「別笑煞人啦！」李良這次當眞笑出聲來：「你當我們還是封建時代，滿腦門子的鬼靈精怪？」

「這也就是爲甚麼連我自己都開始懷疑起來。」

「你懷疑甚麼?」

「懷疑我自己的存在!在種種破除迷信的宣傳之後,我不能不開始懷疑起我自己的存在來。我自問我到底是一隻變成了人形的狐狸?還是不過是一個假想自己是狐狸的女人?」

「啊,小可憐!你一定是受了這齣他媽的《驅狐》樣板的影響!」李良無限憐惜地說。

「不慣!」胡蓮堅決地搖著頭:「這齣戲對我一點影響也沒有。我恨它透頂,還會去受它的影響!無論如何,不管我是一隻狐狸也好,還是一個女人也好,我還有我的頭腦,我的思想機能,我的分析機能,我的記憶機能,我並不是個神經病!」

「沒人說你是神經病嘛!」李良辯駁道:「不過因為工作太累、太緊張,又事事不順心,精神上可能受了些干擾。」

「你是倒果為因了!我愁的是因為我自知是一隻狐狸,但大限來臨時卻不知如何措手!」

「你所說的『大限』是甚麼意思?」

「這就是現在我要讓你明白的一件事。不過事情總要有個來龍去脈，我應該打我們相逢的那一天說起。我只求你別把我當成神經病、瘋子！我跟你一樣正常。要是你不信我，誰又能信我？要是人人都懷疑，我又怎能信自己？要是連我自己對自己的存在都不相信，我又怎能實實在在地生存？你說，到了這步田地時，我還有甚麼路好走？我只有死路一條，死！死！死！死！」胡蓮說來不勝激動。

「別緊張！別緊張！」李良喃喃地說著扶住了胡蓮。

「我不緊張！」胡蓮顯然在努力抑制住自己的情緒。「我很鎮定！你看，我淚也不再淌一滴。可是我要你聽著我，好好兒地聽著！」

「好，我聽你說！」李良耐心地說，他心中想對神經受到干擾的人唯一的辦法就是耐心。

「你一定以為我們的初次相逢是在二十年前的長春，對不對？其實是在那一年以前，我在北平就認識你了。」

「在長春我們相遇時，你說你沒去過北平，嗯？」

「那是騙你的呀！」胡蓮撇了撇嘴繼續道：「我第一次看見你是你在三慶演長

板坡的時候。你一身銀盔銀甲，四面戰旗英挺挺地插在背後。那麼年輕、那麼漂亮，我簡直不能相信人竟是這麼種迷人的動物。你好像具有一種超人的魅力，我登時覺得靈魂兒一下子就被你召去了。」

「不幸那時候我自己全不知情！」李良插口道。

「你怎麼會想到？那當兒我還不是一個人，我只是一隻可憐兮兮的小狐狸。我只能狗似地躲在暗影裏，趁收票的人一時分神才能溜進戲園子裏去。我本來進去只是想找些吃的東西，但一看到你，我就立刻忘了肚子的問題，就一個勁兒地傻楞楞地盯著舞台。從此每晚一聽到鑼鼓響，我就鬼召著似地想盡了法子溜進場裏去，眞是冒著被捉住活剝皮的危險。一張狐皮那時候是相當值幾個子兒的！然而你竟全不知情！我趴在一個不惹眼的角落裏，在人們的腿縫裏偷偷地觀看舞台。你一出場，我立刻覺得根根神經都直豎起來，我連眼也不敢眨地注視著你，我不要錯過一分一秒，我要把你整個的形貌深印在我的心上，戲散人靜後再細細地回味。你簡直叫我如醉如癡。那時候只要我可以碰一下你的身體，就是要我的一條性命也絕不猶豫。要是碰巧一晚我進不了戲園，我就飯也吃不下，覺也睡不成。那是種痛苦中攙著蜜的日子。現在只要我一回想到那時的心情，心中就登時充滿了幸福的感覺。那種幸福是叫人痛苦的幸福。幸福的是竟遇到一個像你這般的造物，叫人驚心動魄；痛苦的是我做著一個無望的夢──我夢想有一天可以愛你，也爲你所愛。我不是一個人，不是你的同類，怎麼可能贏得你的愛情！雖然我聽說過狐狸是有法子變成人形的，可是我那時候太年輕，對任何魔法都一無所知。我天天就在這種又甜又苦、抱著希望又感絕望的心情中打發日子。要不是一天一個偶然的機會遇到了一隻老狐狸，我想我一定會因此燭盡淚乾而死。這隻老狐狸向我保證狐狸是可以變人的。我親眼見他像一個漂亮的小夥子跟眞正的女人交往。」

「你又怎麼知道那小夥子就是老狐狸變的？」李良插嘴問。

「啊！你是一個人，你自然看不出來。對我們狐狸來說，分辨一個眞正的人跟一個狐狸化的人眞是再容易不過了。你從來沒留意過狐狸的眼睛跟人類的眼睛有甚麼不同？你們人，不管多麼媚，保管不會有狐狸那樣的媚眼。這一對眼睛是狐狸化人時無論如何不肯轉化的唯一的東西。不信，仔細看看我的眼睛！」

李良第一次注意到胡蓮的眼中閃耀著一種奇特的使人無能抗拒的媚人的光彩，

竟忍不住倒抽了一口冷氣。

「嚇了你一跳，是吧？」胡蓮說著故意掉開了眼光。「可是你別忘了，你老誇讚我的眼睛，很可能你愛我的原因就是爲了我這一雙眼睛。」

「別胡說吧！」李良道。

「你看，你還是不信！」胡蓮顯然失望地說：「我知道，我是注定了的命運，就是說破舌頭你也不會信的。」

「好好，算我信行不行？說呀，說下去呀！」

「要是你心裏全不相信，說下去對你只是些瘋話，又有甚麼意思？」

「我信！我信！我打心裏信！行不行？」李良幾乎是哀求地說。

「你眞信？就是你現在不信，我想你總有明白的一日。好！我說下去！認識了這隻老狐狸以後，我就抓住了這個機會，苦苦地哀求他教我化人的法子。你想他說甚麼？」胡蓮問道。

「我怎麼知道？」李良說。

「他說這種轉化的代價是非常大的。」胡蓮繼續道：「我說不管多麼大的代價我都不怕，就是要我的命也沒有甚麼關係。他說倒也不至於如此嚴重，在這個世界上還有甚麼比命更貴重的東西？如果連命也賠上，沒有一隻狐狸肯轉化人了。我堅持我一定要幹，就是捨上一條命也在所不惜。他說：『小可憐！這一定是爲了愛上了一個人，對不對？』我承認了，他又說：『危險就在這裏了。一隻狐狸一旦一顆心叫人給迷惑住了，也就注定了悲劇的命運。因爲沒有一種轉化是可以永遠維持的，一旦一隻狐狸爲人所迷終至不得不轉化成人，與人日夕相處，大限到了的時候牠就沒法再適應狐狸的生活了。牠將成爲一隻極可憐的動物！這也就是爲甚麼大多數狐狸都避免與人交往，以免爲人所惑，墜入萬劫不復的苦境。』聽了他這一番話之後，我就問他自己爲甚麼不甘願乖乖地做一隻狐狸。他嘆了一口氣道：『還不是爲了一樣的原因！』他的聲調充滿了憂悒與辛酸。他又說：『我明知道自己的命運，但只有接受而已。大限到的時候，我只有一死，不會再來做一隻可憐的狐狸！』我就趁機會趕緊說：『我也寧願接受這種命運！只要給我二十年的時間，可以眞正地愛，也爲人所愛，以後是生是死都在所不計！』如此這般，我得了二十年人的形貌。二十年！二十年不算多麼短暫，然而竟像一眨眼似地就過去了。明天就是大限之期了！

明天！明天！我不要！我不願！我不願去死！」胡蓮說到這裏痛哭失聲，全身震顫得連坐也坐不穩了。李良把她緊緊地抱住，只喃喃地安慰道：「小可憐！小可憐！你在說夢話呀！你明知道你說的不過是夢話而已！夢話！」

「夢話，夢話？」胡蓮哭著反駁道：「我巴不得只是夢話！要是眞正只是夢話而已，那該有多好！我巴不得你的話對！我巴不得我們的時代有理，那些鬼話、狐話，都只不過是封建時代的迷信！我們生在一個科學時代，我們已經拋棄了所有封建意識型態的妄想邪念。我們應該感謝黨，感謝我們偉大的導師把我們帶領進一個嶄新的社會主義的大時代，人人都生活在無涯無限的幸福之中，只除了我一個！如果這種轉化只不過是一種迷信，我又如何回轉到我原來的本體？我的存在因此已跟著迷信的破除而化爲烏有了。所以我只是一個想像中的生物，其實是不曾存在的！」

「別儘說傻話吧！你好好地在這裏。你看，我現在抱著你，我實實在在感覺到你的身體，你也實實在在感覺到我的，還有甚麼比這個更實在的？」李良繼續安慰著說。

「不！這是不夠的！」胡蓮說：「只有你相信存在時，你才會眞正存在。如果你連自己的是否生存於世都產生了懷疑，你還有甚麼眞正的存在可言？」

李良心中無論如何無法相信胡蓮的話，除了胡蓮的精神受到了某種干擾以外，簡直沒有其他的解釋。

第二天李良才稍稍放下一條心，因爲胡蓮照樣起床，並沒有變成一隻狐狸。他們照常到戲園去，準備當晚的演出，胡蓮沒有再說甚麼，李良只盼望危機已經過去。

《驅狐》的主題是借否定狐化人來進行破除迷信的宣傳。劇情是說在一個資產階級的家庭中，因爲婆婆嫉妒兒子對媳婦的愛情，竟胡指媳婦是一隻狐狸精。最後因妒生恨，婆婆竟下毒藥毒死了媳婦，卻把媳婦的屍體藏過，另外買一隻死狐來向兒子指明媳婦只不過是一隻狐狸精而已。可惜毒藥的量不夠，媳婦並沒有眞死，只不過昏過去了。媳婦甦醒過來之後，回來揭露了婆婆的毒計，並且證明人狐之間全無關連，這種狐化人的傳說不過是資產階級愚昧人民的惡毒鬼計而已！胡蓮演媳婦，李良演兒子。演出一開始非常順利，唱腔相當美，贏得不少彩聲。在婆婆惡毒地虐待媳婦的場面，且可以聽到觀衆席中抑止不住的抽泣聲。首演的成功已可預期，要不是下毒的最後一場出了問題。那一場，婆婆把媳婦騙到柴房裏去，騙她說要給她喝一種催子湯，就可以早早生個胖兒子出來。媳婦第一次遭到婆婆如此的垂青，全無防備地把一碗下了毒的催子湯喝了下去。這一場把觀衆看得鴉雀無聲，大家大概都爲媳婦揑著一把冷汗。

大家眼看著媳婦喝下毒藥後渾身痙攣，而終至癱倒在地。在這當兒婆婆有一段唱腔，發洩她對媳婦的憎恨，並且說明她的毒計得逞。婆婆一唱完，按照劇情應該是去抱起媳婦的屍體藏在柴房的一角，然後再去把早準備好的一隻死狐狸拿給兒子看。誰知婆婆過去一抱屍體，嚇了一跳，因爲她抱起來的並不是一個人的屍體，而竟是一隻死狐狸！

你可以相信這一嚇，把扮演婆婆的演員嚇到甚麼程度！至於觀衆，大家也都呆了一陣，接著竟響起滿堂的掌聲和彩聲，因爲觀衆竟誤以爲是一次極成功的特技表演！

戲演不下去了，因爲飾演媳婦的胡蓮竟無故失踪∴特別是因此整齣戲的主題受到了極端的歪曲。本來是破除迷信的，現在竟在衆目睽睽之下好端端的一個人變成了狐狸，還破甚麼迷信！

公安局立刻展開了調查。李良自然是第一個受訊問的。他把胡蓮生前的話全盤托出，可是沒有一個人相信。公安局認為這是一次破壞樣板戲，破壞政府威信的政治大陰謀！李良給下在獄中。直到四人幫垮台，公安局始終沒有找到胡蓮的下落，也沒有找到政治陰謀的任何線索，才把李良放了出來。這一案等於不了了之，《驪狐》這齣樣板戲也就因此夭折，始終沒有人再敢搬演過。李良呢，十年的牢獄生活，身心俱毀，永遠離開了舞台，永遠離開了北京！

「這個故事難道是眞的？」我聽得不禁目瞪口呆，忍不住這麼追問筱風。

「我也不知道是眞是假！」筱風嘆了口氣道：「俗話說人生如戲，我自己又是個唱戲的，在我看來一切都不過是上場下場過眼雲煙。只有一件事情我可以告訴你，你想李良是誰？」

我略一回味，「哎呀！」忍不住驚呼道：「莫不成李良就是你自己？」

「一點也不錯！」

我嚇得打我的躺椅裏一下子就跳了起來。「你說甚麼？如雲，你的愛人，我認識多年的如雲大嫂，你竟說她是一隻狐狸？」

「不錯，她只是一隻狐狸！」筱風的眼神非常堅定，又非常空洞，他這種直楞楞的眼神叫人覺得可怕。

「你親眼看見她變成一隻狐狸的？」

「沒有，我沒有親眼看見。她變成狐狸的時候我正在後台！」

「嗯？你相信？」

「你能不信？如雲從此失踪了。再加上她在《驅狐》首演前夕說的那些話，你又能如何解釋？」

「我不懂，我不懂！」我承認我想不出個所以然來。

「我也不懂！」筱風慢條斯理地說：「你知道，解放以後甚麼奇怪的事沒發生過？超出常情以外的事情可多啦！這不過是一種應該讓位的舊習慣老迷信堅持不肯讓位而已！你看吧，幾年以後，當人們不再相信這種鬼話的時候，這種鬼事自然也就不會再發生了。可是誰又知道老迷信破除了以後，會不會又產生新迷信呢？人們總是愛好迷信的嘛！時代不停地變遷，對不對？不過這一回遭殃的是我！我失去了如雲，我親愛的妻子——愛人！我再也見不到她的面了！我永遠永遠不會再見到她了！」

他眼中早已充滿了熱淚。

北京烤鴨

在北京西郊的國營農場裏，一羣小鴨跟著母鴨，正踱拉踱拉地走過來。

「呷！呷！肚子餓啦！肚子餓啦！」小鴨子們不停嘴地叫著。

「說甚麼我們可也不是缺食少飲的那種人哪！我只想多走幾步，消化消化肚裏的東西。我的胃整天價脹得好難受！」

母鴨的話剛落口，脖子已經給一隻手抓住了。另一隻手把母鴨的嘴撐開，一個麵糰已經進了嗓子。還沒等她自動嚥下去，一根筷子使勁兒地把麵糰捅進她的胃納裏去。然後又是一連幾個麵糰塡進去，直塡得母鴨嘴都幾乎合不攏來了。小鴨們的飢餓，也以同樣的方法治療好了。現在所有的鴨子都只能有氣無聲地嘶啞地呷呷著，使勁兒地伸脖子展翅膀，無不感覺得舉步維艱。就在這時候，脖子又給抓起來，一隻隻地送進籠裏去了。

「媽媽！憋死我了！」一隻小鴨伸脖子翻眼地說。

「誰不憋得慌呀！」母鴨啞聲回道：「吃飯是我們的責任，不久你就會習慣了。」

「連吃飯也是責任呀？」另一隻小鴨天眞地問。

「在這個世界上，不管做甚麼，都是盡責任！」

「爲甚麼我們要盡這種責任呢，媽媽？」又一隻小鴨用翅膀打擊著他那脹得像一面小鼓似的肚子說：「我的肚子脹死了！」

「誰的肚子不脹得要死？」母鴨曉諭道：「凡是責任，就只能承擔，何況這全是爲了我們好！」

「爲了我們好？就是叫我們這麼難受，也是爲了我們好？」

「越難受，將來才越有出息。」

「那麼說脹肚子難過、受罪，那是好事了？」那隻小鴨又問。

「可不是嘛，寶貝兒！人家塡我們，是爲了叫我們快點長大，長得又肥又大！」

另一隻小鴨又大聲叫道：「媽媽！我要到籠外頭去跑跑，要不然我的肚子要爆炸啦！」

「我也是一樣！」母鴨平靜地說：「可是要是我們出去跑，就會把長成的肥脂跑掉了。這就是爲甚麼除了塡我們的時候不得不讓我們出去一下外，其餘的時間都得把我們關在籠裏。」

「可是長了些肥脂，又有甚麼好處？」

「我已經告訴過你們，是爲了叫我們長得又肥又大！」

「又肥又大有甚麼用處？」

「有甚麼用處？是爲了將來可以做成一隻又香又脆的北京烤鴨！」

「媽媽，我明白啦！」一隻小鴨激動地說：「做一隻北京烤鴨，是爲了爲人民服務！這個我在政治課裏學過的。」

「不！不！不！」母鴨急急反駁道：「我們可不是爲人民服務的，我們服務的是領導！」

「領導？不是整天價人們教我們爲人民服務嗎？從來沒聽說過爲領導服務！」

「那是因爲，寶貝兒！你們還是些孩子啊！你們還不懂生活！在生活中，一般來說，是說了的不做，做了的不說！」

「那麼，誰去爲人民服務呢？」

「可能是那些下賤的鷄們，或者是不登大雅的兎子吧？」母鴨朝著一旁的鷄籠兎籠極不屑地瞥了一眼：「說不定還不一定是呢！我怎麼知道！無論如何，我們可絕不是爲人民服務的。在這個農場裏，我們的地位是有點特殊。我們將來要上領導的飯桌，裝在一隻精美的瓷盤裏，很可能是明清的古瓷那一類値錢的東西！」

「眞的嗎？媽媽！」

「誰還騙你不成！」母鴨越說越來勁兒了：「要是運氣好的話，說不定會上了我們偉大的領袖、偉大的舵手的飯桌！」

「要是上了他的飯桌，這個偉大的舵手對我們做甚麼呀？」

「他要吃我們哪！」

「吃我們？」所有的小鴨子都不禁驚叫起來。

「被偉大的領袖吃掉是非常光榮的！他老人家不是教導過我們，一不怕苦，二不怕死嗎？」

「不錯！不錯！」好幾隻小鴨子爭先恐後地叫道：「我們在政治課上學過這句話。人家怕我們記不住，叫我們至少要背三百遍呢！」

「這就是啦！噢，你們知道不知道小寶貝們，我一生最大的夢想是甚麼？我最大的夢想呵，就是讓我們偉大的領袖吃掉！要是有一天，我眞有這種榮幸……這種榮幸……」

母鴨正昂首挺胸兩眼充盈著感動的淚光望著東方陶醉在她的美夢中的時候，一隻手抓住了她的脖子，一下子就提出了籠來。

「呷！呷！再見啦！再見啦！寶貝們！」母鴨急切地拍動著翅膀叫道：「輪到我了！要是我的運道好，我……」

母鴨給送到一處大廚房裏去。先是在滾燙的水裏洗了個熱水澡，以便脫去她那美麗的羽裳。再就是剖開肚腸，把肚子裏不乾不淨的零碎都取了出來，裝進花椒茴香等大料。又在她的周身密密地塗抹了醬油和蜂蜜。最後就把她吊在特備的松枝上炙烤了。這使母鴨感到一種難以忍耐的焦熱，可是同時也滿舒服的，只是到了後來母鴨有些朧朦入睡的感覺。就在這似睡非睡中，她似乎聽到廚師們談話的聲音。

一個說：「這隻烤鴨可準叫他老人家開胃啦！」

另一個說：「這可說不定，不是好久沒有胃口了嘛！」

第一個又說：「他好像愁得很呢！」

第二個說：「不單愁，而且躁呀！前天不是把一碗燕窩湯都摔了嗎？」

第一個又說：「可不是！爲啥這麼氣呀？」

另一個接道：「我怎麼知道我！聽說是好像最近北京在演一齣甚麼罵皇帝的戲。」

第一個訝然道：「罵皇帝跟他有甚麼關係？」

另一個道：「他老人家不喜歡！」

第一個道：「我不懂，他又不是皇帝他！」

「噓！」另一個壓低了聲音說：「別胡說八道啦！靠近一點，讓我告訴你：一個皇帝，一個舵手，還不是……嗯嗯？」

雖然廚師的語聲極低，「舵手」兩字一下就使母鴨從朧朦中清醒了過來。

「舵手？不可能！」她喃喃地自語道：「我一生的最大夢想怎麼能就這麼容易地實現了呢！」

廚師卻沒有聽到母鴨的自語，只用指尖在母鴨的肚皮上刮了一下，然後嗞地一聲把指尖上的肥油吮進肚裏去。

「好啦！」廚師大聲說，一面把母鴨從掛鈎上摘下來，放在一隻古瓷大盤裏，就交給了他的同伴。

母鴨只聽到一陣腳步聲，感到騰雲駕霧一般，一會兒就給輕輕地擱在餐桌上了。奇怪的是一片寂靜，好像衆人在領袖的面前都屏止了呼吸似的。母鴨非常希望看一眼偉大舵手的眞正面貌，但不幸她的兩眼都被蜂蜜糊住了，甚至於連頭也抬不起來，因爲已經用線緊拴在翅膀的下面，因此想行一個尊敬的舉手禮都辦不到了。儘管有這麼種種的不便，母鴨心中非常快樂。終於可以被偉大的熱愛的領袖、舵手、導師吃掉的歡樂從她的心田中湧瀉了出來。啊，不！她早已沒有心了，應該說是從她的空肚腔裏湧瀉出來。

不知從何時起，偉大的領袖私下裏逐漸地越來越擁護起傳統文化來了。特別在家庭生活方面，他常常提起從前在大家庭裏晚輩是如何如何地孝敬長輩。譬如說，做好的飯菜，無不是由做兒子做媳婦的先嚐嚐滋味，才敢再送到老人的面前。正巧近來領袖失去了胃口，有一天他忽然決定找一個口舌敏銳的年輕人來，在他吃飯以前，先嚐一嚐飯菜的滋味，然後做出一個初步的選擇。這一舉具有雙重的意義，一面滿足了他復古的癖好，另一面也使他愈來愈加挑剔的口舌不致嚐到倒胃的東西。仔細一想，不免又想出另一件好處來。先讓一個普通的人來嚐一嚐，不就等於是跟人民同桌共餐了嗎？那不就眞成了人民的大家長了嗎？可是誰也不能說在這許許多多的考慮之下沒隱藏了另一個不願明言的理由：一個最高的領袖，其重要性還不就等於一個皇帝？安全問題怎麼可以不特加小心呢？這自然也是爲了全體人民著想，試想，忽然失去了領袖，對人民該是多大的災難啊！總之，不管哪一個理由在領袖的心裏發酵的時間更久，發揮的作用更強，領袖已決定親自選那麼一個專管嚐食的「侍膳」。

這個被選的年輕人，自然是身體健康，面貌堂堂，更重要的是受過烹調的訓練，有一副敏銳的口舌。這個年輕人在堂堂的面貌中特別引人注意的是一雙充滿了機智的眼睛，就是連眼睛都會說話的那種了。領袖一向不喜歡笨人，可能就是這一雙聰慧的眼睛引起了領袖的憐愛，才選中他代表廣大的人民擔任領袖飯桌上的這個嚐食侍膳的角色。這樣一來，領袖與人民同桌共餐，應算又創造了革命政權中另一歷史新頁！

北京烤鴨一端上桌來，按照一般的通例本應端回廚房片成薄片，與荷葉餅、甜麵醬、葱白共進。可是爲了安全的理由，一般的通例在領袖的餐桌上是不能實行的。因此一整隻北京烤鴨就端端正正地擺在了餐桌的中央。我們這位「侍膳」，立刻舉起了他的特用的筷子，在烤鴨的胸脯上捅下了一片送進嘴裏。他先是做了個怪臉，可能是烤鴨太熱了，燙了舌頭，但這並不妨礙他立刻呑下肚去。等了約莫一分鐘，站在桌旁的服務員同志剛想把烤鴨削片，突見這位年輕人的臉色大變，接著是雙手捧心，好像不勝其腹絞之痛似的。

見了這幅光景，領袖立刻皺起眉來，慍聲喝道：「這隻烤鴨是怎麼回事？丟到垃圾桶去吧！趕緊去調查調查，我對這種來路不明的東西向來就有戒心！」

「這是打西郊國營農場來的，應該沒有問題。」服務員同志囁嚅地道：「這個農場是專供應高級領導的！」

「專供高級領導的？甚麼領導呀？怕不是走資派的吧？」

「嗯……」服務員同志沒敢再接碴兒。

「不管怎麼樣，快點給我丟掉，不要儘擱在這兒礙我的眼啦！」

聽到這一番話，母鴨可以說心碎腸斷，好在她已經沒有了心腸，不過可以想像到母鴨就要實現的美夢而竟毀於一旦，其傷痛之情該有多麼大了！

好在她在垃圾桶裏並沒有待多久，一隻手迅捷地把她提了出來，給包在一張舊報紙裏，攜到一處不知的所在。

在母鴨從舊報紙裏解脫出來的時候，她聽到幾聲清脆的孩子們的歡呼。

「這是甚麼呀？」一個婦人的聲音問道。

「這叫作北京烤鴨，媽！」一個年輕人回答。

「甚麼是北京烤鴨呀？我可從來沒見過！」

「北京烤鴨嘛，是用北京特產的塡鴨烤的，就是領導們、外賓們、歸國華僑們甚麼的常吃的那種！趕快趁熱吃吧！」

又是一陣孩子們的歡叫。

「等等！等等！」婦人急口道：「自從你在領袖公館當了這個差事，你時常帶回些殘羹剩飯的，可是從沒帶回過這樣一隻整鴨來過，莫不成是你偷來的？」

「不啦，媽！我沒偷！別多問了，快吃吧！這種東西，涼了就不好吃啦！」

「那可不行！」做母親的堅持道：「我可不要爲了一隻甚麼甚麼鴨來著，惹一身麻煩！」

「放心吧！」年輕人道：「這是我們熱愛的領袖送的。他老人家想我們家的兄弟姐妹們都還不知道甚麼叫作北京烤鴨呢！」

「哎呀，我的老天爺！」婦人嘆了一口長氣說：「我們熱愛的領袖眞是菩薩心腸，想得這麼周到，淨替我們窮人著想。噢！老天保祐他老人家萬壽無疆！孩子們，快吃吧！」

母鴨聽到一陣桌凳亂碰、碗筷交響，在急怒中極力舉起頭來大叫道：「住手！住手！你們這些人民們！我可不是給你們服務的，我服務的只是領導！」

不幸母鴨的聲音被一陣急風驟雨的碗筷聲和歡叫聲蓋過了。她感到一陣切膚的陣痛，大腿翅膀已經給撕去了大半。

母鴨在失去知覺以前仍然有氣無力地抗議威脅著說：「要是你們這些人民膽敢吃我，我就用我的鴨嘴啄穿你們的肚腸！」

可是大人孩子們沒人理會母鴨的咒罵，都餓虎撲羊般地你一筷我一筷，又快又準，不一時桌上就只剩下了一堆鴨頭骨，還是嚼爛了的！

愚公的花園

在《列子》中有一個小故事，說有一個九十多歲的傻老頭兒，住家門前有兩座大山，進出很不方便，傻老頭兒有一天便決定要把這兩座山搬走。而且說做就做，馬上帶領兒孫們砸石頭的砸石頭、擔土的擔土，動起手來。鄰村有個聰明的老頭兒，走來看到，不免笑道：「傻老兄呵，你已經這麼老啦，你就是整天價破上老命光幹這個活兒，到你入土的時候，也動不了這兩座大山的一根毫毛！」可是傻老頭回答說：「雖然俺老了，可是俺有兒子呀！俺兒子也有兒子呀！兒子的兒子將來還會生兒子呀！咱不是越生越多嘛！這兩座大山可不會長啊！所以我知道，總有一天咱們會把這兩座行行子搬走。」

根據這個小故事，黨的主席就大事發揮，寫出了一篇洋洋灑灑的宏文來，題作〈愚公移山〉，鼓勵人民都要去做傻老頭兒！這篇宏文流傳之廣，聲名之大，可說是凡認識兩個字兒的是無人不知、無人不曉啊！終於〈愚公移山〉變成了人民頭腦中搬也搬不動的一座大山了！

可是主持意識型態的宣傳部門，還覺不夠，發動了所有的宣傳機器，無所不用其極地立意不但要把愚公裝進人人的頭腦裏，還得把人人都改造成一個現代愚公才覺滿意。於是第一步就得先立一個標兵、一個榜樣、一個楷模，給大家看看愚公到底該是個甚麼樣兒。

找一個標準的愚公出來，卻也並不簡單。第一，人得要老；第二，人得要傻；第三呢，得傻得像主席的愚公一個模樣才好。這可就不大容易了。中國的老頭兒倒不少，可是都不算傻。偶然碰巧找到了個又老又傻的，又不一定傻得跟主席腦袋瓜裏的一模樣。你說難也不難？

但是一用上主席的戰無不勝的思想，馬都可以長出角來，何況找一個傻老頭子！

終於踏破鐵鞋的結果，就在主席的眼皮子底下——北京的西郊，找到了一個種花的老頭兒，很有點主席腦袋瓜裏的那種傻勁兒。

這是個挺粗壯的小老頭兒，頭髮已經全白了。說實話，不能算太傻，要眞傻的話，在咱們這種環境中能活這麼大歲數嗎？這老頭兒，雖說不多麼傻，可是挺倔。正因爲有種倔勁兒，所以多少也就有點像立志要搬山的那個傻老頭兒了。

他自己原有一座花園子。這可不是大戶人家後花園兒的那種花園兒，而是菜園子一類靠種花維生的那種「花園子」。解放前，他專種黃花。他一天到晚就忙活著拔除其他顏色的花草，只留下黃色的。因爲他種的花種類不少，所以很不容易預測甚麼時候忽然間又冒出一朵黃色以外的顏色的花朵來。最討厭的是變質，沒有一株花可以經常地開出黃色的花朵，也沒有一朵黃花可以維持兩三天而不曾稍稍改變了它的顏色。因此可眞夠他忙的了。這個老花匠每天鷄鳴即起，匆匆忙忙地去打一碗酸豆汁兒，外加兩個子兒的燒餅，吃完一抹嘴就開工了。先從西邊的花畦開始，一壟一壟地把黃色以外的各色的即將綻放的花骨朵，還有那看來有變色之虞的黃花骨朵，都一律掐下來丟棄，等到他掐到東畦，也差不多將近黃昏時候。明天又是同樣的工作在等著他。他因爲太忙於做這一項工作，以致使他相當忽略了澆水和施肥，因此他的花長得很糟，又小又沒精神。若不是他賣得特別賤，大概不會有人要來買這樣的花。那時候窮人們忽然發起瘋來要買一兩朵花戴戴，或者外強中乾的破落戶要弄些花來裝裝門面甚麼的，少不得就說：「唷！咱們也到老頑固那兒弄點花去吧！」雖說這樣的顧主並不多，可是這個老花匠一點兒也不灰心喪氣，不然又怎麼能給人叫作老頑固呢？

解放後自然不能再養黃花了，黃色不是代表皇帝的麼？那怎麼成！幸好紅色又走起運來，老花匠畢竟不眞傻，趕緊改養紅花。但是倔氣依然如故，要養紅花，就只要紅色的，別的都一概不要。這時候每天早晨要起得更早才行，晚上也得睡得更遲，因爲紅花比黃花更容易變質。等他從西畦忙到東畦，西畦的紅花已經正在轉變顏色。老花匠的右手因爲終日不停地掐花，結果變成了一種機械的動作，就是他不掐花的時候，他的右手也不停地做出掐花的動作來。

在老花匠被樹立爲愚公的典型之後，馬上可就六月天打擺子抖起來了！每家報上登的都有他的照片，廣播電台也長篇累牘地談老花匠的事蹟。以往叫他老頑固的，現在都一律改口稱他爲老愚公了。如果是往時，老花匠也許寧願做頑固，不願做傻瓜，可是現在既然是主席的傻老頭兒，那當然就不同了。落實了說，人們的感覺已經做了一百八十度的大轉彎，現在的「愚公」不獨不含任何嘲諷的意味，而且對這兩個字兒在每個人的心中都透出十分眞誠的敬意。不知有多少老人家在晝思夜想地盼望有一天這樣的美名也會落到自己的頭上來。

緊跟著樹立了愚公典型以後，宣傳部立刻發動了大規模的全國性學習愚公運動。報章電台無不熱火朝天地歌頌愚公，大街小巷中的孩子們也唱著：「歌愚公！頌愚公！只有愚公紅彤彤！」

於是黨特別動員了所有著名的作家、畫家、音樂家等等跟藝術有關的人員，親自登門來學習老花匠變爲愚公的寶貴經驗。

「這說起來也沒甚麼特別啦！」老愚公鼻子朝天傲然地對大家說：「咱整天價就是剪除雜花，凡是顏色不紅的，或是不夠紅的，咱都把它除掉，剩下的就是一片紅啦！」

剛一住口，馬上就跑到花畦裏用他那抖嗦嗦的手掐下一朵紫紅的花來。

「你們看！」老愚公把花高高地舉在大家面前：「這些壞花長得可旺啦，比紅的長得還精神！一不留神就冒出來，而且到處都是！這就是爲甚麼照顧一個紅色的花園不容易呀！得要十分的艱苦！十分的耐心！」

聽到這裏，前來學習的藝術家們都熱烈地鼓起掌來。

「可是，同志們哪！」老愚公繼續道：「可別想是咱，一個老傻瓜、老笨蛋，能做得了這樣的活兒！這都是咱們敬愛的領袖、敬愛的導師、敬愛的舵手他老人家的腦袋瓜兒裏想出來的！」

又是一陣熱烈的掌聲，比以前的一陣更加熱烈而持久。

「這就是愚公精神！老傻瓜精神！老笨蛋精神！也就是咱們敬愛的主席的精神！愚公精神萬歲!!主席精神萬歲!!!」

衆人也都跟著驚天動地地高喊了幾聲，同時掌聲像夏天的驟雨般嘩啦啦地響了起來，足足響了有五分鐘之久，大家似乎都不多麼在意是否拍腫了手掌。

愚公本來也想跟著拍幾下，可是他的右手在一上一下地作掐花狀，無論如何跟左手也合不上轍。

愚公的辭也致完了，掌也鼓過了，接下來就算是跟來訪者非正式的談話了。於是各界知名的藝術家都不肯落人之後地你一句我一句地說開了。

「您這花園可眞了不起呀！」一個說。

「象徵了我們這個偉大的時代！」另一個說。

「完全符合我們的時代精神！」第三個說。

「咳咳！」一位知名的畫家先咳嗽一聲清清喉嚨借以引起人們的注意，然後接道：「我跟您完全一樣呵，愚公同志！解放後，我光畫紅畫，光用紅顏色，別的顏色一概不用！這是我們做爲一個藝術家的義務本分，對不對？我們要創造一個清一色……不！我的意思是說紅一色的理想的世界！」

「不錯！不錯！」一位老作家忙不迭地點著頭說：「我也是一樣呵！解放以後，我只寫紅色的主題。不用說，大家一定都讀過拙作了？像《紅岩》啦！《紅日》啦！《紅旗譜》啦！《紅旗歌》啦！《紅大院》啦！《紅色娘子軍》啦等等等等……」

「還有《紅樓夢》！」另一個年輕作家急忙插嘴說。

老作家聽了一楞，但馬上勇敢地嘖著嘴唇說：「不錯！還有《紅樓夢》！你看，沒有一本不紅的！」

「哎呀！我也是一樣啦！」一位音樂家漲紅了臉迫不及待地叫道：「解放以後，我只譜……只譜……嗯……嗯……」他左右瞄了一眼，壓低了聲音說：「紅色的音樂！」

眾人轟然一聲都笑了起來。

「音樂也有顏色嗎？」一個促狹鬼問到。

「音樂……音樂……音樂嘛！」可憐的音樂家窘然不知所措地喃喃著：「當然啦！音樂……嗯，也是紅的！」

眾人更加哄笑起來，連一向不苟言笑的愚公也笑出了一嘴黃牙。

自從「學習愚公」運動發動以來，這位可憐的老花匠整天忙於拍照、致辭、迎接來賓、招待記者、回答問題，已經好久沒找到空兒來整理他的花園了，不多日他的花園就已經變成一個多彩的花圃。

站在這一片多彩多姿的花朵前，愚公兩眼充滿了眼淚，不勝憂戚地喃喃道：「他媽的，這些毒草！敗類！可叫我怎麼辦哪！」

因爲花園已經不是一片紅了，黨決定趕快關閉，再也不許任何人進來參觀學習。對老花匠來說，也就是再也沒有拍照、致辭、鼓掌、叫好等等熱鬧場面了，只剩下傻老頭兒獨自個面對著這一片多彩的花圃。可是愚公畢竟是愚公呵，並沒有因此而洩氣！他每天起得更早，每晚睡得更遲。每天一起來，連早飯都來不及吃，就立刻惡狠狠地奔向那些各色的花朵，凡是不夠紅的都毫不留情地掐下來，心中期望有一天再重建起他那一片紅的舊夢。可是不幸，衆花們也好像學會了愚公精神，各種顏色的花朵都不停不歇地綻放起來。老愚公忙西邊，東畦的花圃就充滿了各色的花朵；老愚公到了東邊，各色的花朵又打西畦裏冒出來了。好歹忙了一天，第二天跟著上升的太陽，又是一片多彩的喧嘩！

每天就看到這一個一頭白髮的小老頭兒顫巍巍地奔波在他的花園裏，太陽靜靜地普照著多彩的衆花。老頭兒的掐花動作越來越快了，因爲他忽然想到，跟古代的愚公大不相同的是，他竟忙得沒顧上娶妻生子，在斷子絕孫的前景下，他只有夢想在自己見閻王以前來完成他的大業了！

奇異的流行病

在用完了豐盛的晚餐之後，黨的最高領導的愛人獨自個兒離開了飯廳，穿過了客廳，走進原來是公園現在圈了高高的圍牆的大花園兒裏去。這是她愛人專用醫生因爲健康的理由勸告她晚飯後應做的消食化痰的小小散步。她已經這麼乖乖地進行了好幾個月了。

這正是夏末秋初的光景，天漸高了，氣漸爽了，黃昏的時候已經透出那麼一絲兒使人感到清爽的涼意。經常有人修剪的極爲平整的草地，又軟又綠，就像一張無邊無際的綠毯一樣鋪展到遠處的湖邊。夏天裏她常常跟女兒在湖面上蕩舟，一面躲避北京特有的那種燠暑，一面研究怎麼樣才能把慈禧太后專愛的那種古老的戲劇化成現代的形式。據說黨的最高領導的這位愛人想當年也夢想過如何在舞台或銀幕上出人頭地。

她深深地吸了一口清爽的空氣，站在平時散步經常走過的那條彎彎曲曲地通向湖邊的白石小徑前猶豫起來。不知爲甚麼今天她心中忽然產生了一種嶄新的慾望——一種不可抗拒的慾望——迫使她想放棄走慣了的白石小徑，而直接地踏過草地走到湖邊去。她稍事猶豫後就決然地踏上了那綠毯一般的草地。沒走幾步，她就完全領略到這草地的好處。每一步踏上去，草莖都柔韌地支持著腳板的壓力，幾乎像一隻無形的手在輕輕地搔著腳心一樣的舒服。她眞後悔過去的幾個月竟傻子似地踏著那堅硬糙礫的石塊，受了不少無謂的折磨。

她心裏想，如果再年輕幾歲的話，她多麼渴望躺下來在地上打一個滾兒；但到了現在這把年紀，只好想想算了。爲了使腳下這種溫柔的感覺可以多繼續些時候，她儘量地把腳步放慢。但是，忽然間，她猛孤丁地停住了腳跟。

在離她幾步之遙那柔膩的綠草地上，她突然看見有兩隻飯碗一般大的癩蛤蟆在相距兩尺遠近的距離上面對面地蹲立在那裏。她正當想轉身走開的時候，突見其中的一隻一個箭步就跳到另一隻的背上去了。當時她差一點喊出聲來：「快來看呀！看癩蛤蟆打架！」但是有一種不能自抑的噁心的感覺使她一聲沒出，只靜靜地瞅著那兩隻癩蛤蟆呆立在那兒。

上邊的一隻揪緊了下邊一隻的癩皮，鼓脹著兩眼，好像要把下邊一隻吞食了的模樣。看到這副光景，黨最高領導的愛人突覺一股寒慄直透脊背，使她突然想起她把英國進口的那一件輕軟的毛線衣搭在飯廳的椅背上，忘了穿出來了。

在這件無關緊要的事件之後，不知爲甚麼她竟失去了繼續散步的興致，立刻返轉身拖著懶漫的步伐走回去了。她覺得微微有點頭痛，就吃了一片阿斯匹靈，比平常提早一個鐘頭上床睡覺。剛想躺下身去，竟忍不住連連地打了兩個噴嚏。「糟糕！」她心裏想：「可不要傷了風！」爲了小心起見，她又爬起身來吃了一片維他命C。回到床上後，不想又一連打了兩個噴嚏。「倒楣！」她心裏這麼唸著倒頭便睡了。

第二天清早，她一點也沒覺得有甚麼異常，因此把昨晚發生的小事完全忘了個乾淨，馬上鑽進她那西式的浴室裏去。她平常早上梳洗的順序的：入廁、刷牙、洗臉、洗澡、梳頭、整妝。所以只整而不化，是因爲她得爲億萬的婦女做一個榜樣出來，不能再像封建時代帝王的妻妾或資本主義社會裏大亨的情婦那麼描眉畫眼。她有她的身分，她的派頭。有時候她得故意地穿些她並不多麼喜歡的藍灰色或草綠色的制服，或者穿出一雙專門定製的破膠鞋來亮亮相。

今天早上她剛把那牙膏廠爲領導階級特別精製的牙膏，擠上了也是特別精製的牙刷上的時候，還沒有塞進嘴裏，一抬眼看到映在鏡子裏的自己的面貌，不禁一驚，因爲她發現鏡子裏有一雙陌生的眼色向她直直地瞅來。

「這是誰？」

但她馬上啞然失笑了。「還不是我自己嗎？」

她這麼望著自己那一雙略感陌生的眼光的時候，心中有一種奇怪的慾望隱隱地升起：她急於想找一個人去討論一件重大的事情。甚麼事情呢？她心裏並沒有一個定準，可就是非要立時討論不可。

她急忙地用牙刷在牙齒上蹭了兩下，漱了一口，抓起一條毛巾往嘴角上一抹，臉也不洗，頭也不梳，就一口氣跑進她愛人的臥房去了。

他們早已分房，雖然住在同一所房子裏，各人卻有各人的臥室。她的愛人有特備的女看護服侍著。

「起來！起來！」她一進她愛人的臥房就大聲咋唬起來。

「啥事兒呀？」她愛人在牙縫裏慢條斯理地嘟囔著：「你把人好嚇了一跳！」

「我有重要的事要跟你談！」

「嗯……」仍是牙縫裏的聲音。

「聽見了沒有？我有重要的事跟你談！」

「不能等一下嗎？」

「快起來！」最高領導的愛人提高了一個音階說：「我可不要一個懶男人！」

「懶？」最高領導躺在床上頭也未抬地繼續嘟囔道：「你說我懶？誰像你鷄宿你也宿，鷄起你也起。你知道人家哪一天不搞到兩點才能睡！」

「我不管！我就叫你現在起來，我有要緊的話對你說！」她一邊說著一邊兩手著力地去扳她愛人的肩膀。

「你要說甚麼？就這麼緊急？」

「我要跟你談革命！」她不自主地冒出了這麼一句，連自己都不免吃了一驚。

「革命？」最高領導彈簧般地機伶伶坐了起來：「又發生了革命？」

「別緊張！沒發生甚麼革命！」最高領導的愛人鎮靜地說：「可是我要來它一次！」

「你瘋啦？」最高領導笑道：「你要革命？現在時候也不對，地點也不對！」一邊說一邊就探身往床邊的小桌上摸他的香菸和白金特製的打火機。這是最高領導每天早晨要做的第一件事。

「這不是不該搞革命的理由！」她堅持地說。

「哪種紅頭蒼蠅把你咬啦？為甚麼要搞革命？我們不是剛剛搞完了一個嗎？」

「不錯！我們是剛剛搞完了一個，可是這也不是不能再搞一個的理由！」

「一個還不夠？」

「不夠！革命應該是經常的、永久的、一個接著一個地來。否則原來的革命者不久就會退化成內奸叛賊！」

「快別這麼說！我們也變成內奸叛賊啦？你的話眞是豈有此理！即使要革命，

也不能由我們來革！」

「爲甚麼我們不能革？」她兩眼緊緊地盯注著她的愛人。

「別這麼蠢吧！」最高領導轉過臉去，避免那射來的一雙犀利地令他感到陌生的眼光。「我是黨的最高領導人，我從沒聽說過自己搬起石頭砸自己腳的事兒！」

「你才眞蠢呢！」最高領導的愛人反唇相譏道：「不錯，你是黨的最高領導人，可是你是不是政府的最高領導人？你是不是軍隊的最高領導人？你是不是國家的最高領導人？」

「你知道，在我們國家中，是黨領導一切！不管政府還是軍隊，都得聽我的！」

「就算你說的對吧！你不過是現在的最高領導人而已！你能不能永遠做最高領導人呢？」

「我也是個人，遲早有一天也得去見馬克思！以後的事兒對我又有甚麼關係？」最高領導悠悠然地吐了一口煙出來，做出一副滿不在乎的姿態。

「對你沒關係，可是對我呢？對我們的孩子呢？說不定不等你斷氣，就有人把我們踩在腳下頭。」

「不會的！現在我手下的領導人都是多年的親密戰友，哪裏會呢！」最高領導乜斜著一雙眼瞥著他的愛人說。

「我看你這人是心口不一致。不管多少年的戰友，只要說你一句不中聽的話，你都恨不得把人生吃了！你當我不明白你肚子裏招的是那號蛆呢！」

「喝喝喝！」最高領導笑道：「看不出，你還是個心理學家！」

「我可不是甚麼心理學家！我不過爲你出點兒點子，未雨綢繆而已！」

「你又有甚麼高招？」

「你不想咱們再搞一次革命，使你不但是現在的最高領導，也成爲永遠的最高領導？」

「別做夢吧！你跟我一樣清楚，在這個世界上沒有任何事情是永遠不變的！」

「不過有一件是永遠不變的！」

「甚麼是永遠不變的？你說！」

「革命！」

「這個麼，我也沒有十分的把握。」最高領導嘲弄地笑著。

「問題是你若不搞，別人一定要搞！那時候你就會成爲被革的對象嘍！」

「要是命該如此，我又有甚麼辦法？」

「你眞是個傻蛋，不跟你說啦！」

在氣頭上她正要扭轉臉去賭氣，不想一個特大號的噴嚏由她嘴中激射而出，夾著滿天的吐沫星子直朝最高領導的臉上撲來，使得最高領導忙不迭地急用左手去覆蓋他的口鼻，因爲他右手正夾著半截香菸。

「你看，可不是著涼啦！」最高領導責備地說：「一大早起來，也不多穿點衣服就跑來嘮叨些胡話！」

「別管我！」最高領導的愛人賭氣地說。

這天深夜一點鐘，最高領導正要就寢的時候，不想一連打了兩個噴嚏。

「明天別忘了把老陸找來開個藥方，」最高領導心中盤算：「一定是她把她的傷風傳給我啦！」

但第二天早上黨最高領導醒來時一切都很正常，也自然把召醫生的念頭丟到九霄雲外去。他一點起一天中第一支香菸的時候，忽覺一股寒慄直透脊背，同時心頭產生了一種強烈的與人討論的慾望；雖然對討論的主題心中也並沒有一個底案。

最高領導按了下床邊的電鈴，看護同志走了進來。

「小王！去看看她起來了沒有？」

看護同志把嘴一噘說：「她起來，自個兒不會來？要我去看！」

別看最高領導在人民眼中威嚴得不得了，可是他這種威嚴在家裏親人中間就不怎麼使得出來，只好堆著一臉笑說：「小王，今天是好日子，可不許發脾氣噢！」

「甚麼好日子？」看護同志扭了下身軀說。

「甚麼好日子？」最高領導想了想說：「我也不知道是甚麼好日子，可是我心裏頭覺著有甚麼好事兒就要發生了。」

「那叫她做甚麼？」

「我有重要的話要問她！」

看護同志不情不願地走了出去。過了一會兒回來說：「她在浴室裏，現在不能來！」

「你沒告訴她我有重要的話對她說？」

「我說啦！她說不管甚麼重要的話，都得等她洗了澡、梳了頭才能來！」

「唉！」最高領導長長地嘆了口氣，抓抓頭皮，狠狠地吸了兩口菸，一骨碌爬起，抓起睡袍胡亂地披在身上。

「你哪兒去？」看護同志不安地問。

「我先去吃飯去！」

「不開到這兒來啦？」

「不！我自己到飯廳裏去！」說著最高領導就大踏步地走進飯廳裏來。他的女兒女婿早已經坐在那裏吃早飯了。

「爸爸早！」女兒笑臉迎人地說。

「父親早！」女婿恭敬地笑著說。

「你們都早！」最高領導和悅地說：「你們年輕人都起得早，這是好事兒！」

「您現在就吃嗎？爸爸！」女兒殷勤地問著。站在一旁的服務員同志早急驚風似地跑到廚房去通知最高領導反常的駕臨。

「爲甚麼？現在不能吃嗎？」說著最高領導就一屁股坐進那張特爲他專設的高

背軟椅裏。「我正想跟你們討論個問題！」

女兒女婿同時放下了筷子，做出一副洗耳恭聽的姿態。最高領導咳嗽了一聲，捻熄了手中的菸蒂，又在飯桌上拿了一支來燃著，然後才道：「你們這些年輕人，在當前的社會中，有甚麼感想沒有？」

「一切都好極了！」二人同時回答。

「眞的一切都好？」

「眞的，爸爸！」

「眞的，父親！」二人又同時回答說。

「就一點缺點也沒有？」

「沒有！絕對沒有！我們都生活在無上的幸福中。」女婿搶在女兒的前頭說。

「唉！眞是太不幸啊！」最高領導嘆了一聲無限感慨地說。

「爲甚麼是大不幸？」女兒不解地問道。

「因爲你們忘了革命了！」

「我們沒有忘記革命！」二人都急紅了臉爭辯道：「我們兩人都是黨員，都是積極分子，我們正在北京大學上馬克思列寧主義的理論課。」

「不是理論重要！是實踐重要！」最高領導嚴肅地說：「離開實踐，再好的理論也沒用！」

「您說實踐？」女婿欠著上身問道，就像他沒有理解這個字的含義一樣：「我們不是剛剛通過您老人家對馬列主義的實踐取得了勝利嗎？」

「不錯！我們是取得了勝利！但是革命是種繼續不斷的活動，要是你不再次革命，你就退化成反動派！反革命！」

「您說再次是甚麼意思呀？爸爸？」女兒不安地問道。

「就是再來一次革命！」

「再來一次革命？」兩個年輕人不約而同地跳了起來。

「不錯！一次新革命！」父親平靜地回答：「你們得搞一次新革命，爲了國家，也爲了你們自己！」

「可是……」二人囁嚅地道：「我們生活得很好，國家也不錯！」

女兒顯然很不服氣，又獨自大聲說：「爲甚麼還要再來一次革命？」

「問題正在這裏啦！你們說你們生活得很好，那是因爲你們享受的是你們父輩的貢獻！如果你們只知享受他人的成果，而不知自己貢獻，不幸就在眼前！不但你們自身不會有好結果，你們還要禍及子孫！」

「您老人家的意思是我們應該再搞一次新的革命？」女婿機伶地問。

「別無他途！」岳丈斬釘截鐵地答道。

女兒立刻接口問道：「那麼這次新革命，革誰的命呢？」

「自然是革領導人的命了！」父親莊嚴地說。

「可是最高的領導人不就是您自己嗎？爸爸？」女兒跟女婿交換了一個眼色，好像在說：「這個爸爸簡直是瘋了！」

「不錯呀！那又有甚麼關係？」父親提高了聲音說，顯出了幾分不耐煩的樣子：「總不該因爲我個人的關係就犧牲了你們的大好前程！犧牲了整個國家呀！」

「是！爸爸！父親！可是……」兩個年輕人猶豫不安地搓著手。這一回做父親的可眞發火啦，忍不住大聲叫道：「還有甚麼好說的！我以黨的名義命令你們……」

最後這句話還沒說完，一個巨大的噴嚏像噴泉似地從他大張的嘴巴中噴射了出來。兩個年輕人都不自主地退後了兩步，也沒敢把嘴鼻捂起來。

這天晚上最高領導的女兒跟女婿就寢的時候，兩人不約而同地打了兩個噴嚏。

「著涼了！」最高領導的女兒說。

「準是叫你老頭給傳染的！」女婿懶洋洋地躺下身去。

奇怪的是第二天兩人都好好的，既未發燒，也沒頭疼，就是兩人忽覺有一種按捺不住的勁頭兒從心窩裏直沖出來，非想去搞一次革命不可！

連早飯也沒來得及吃，二人就各自跳上了一輛飛鴿牌的自行車，直奔北京大學而去。他們覺得如果不立刻把這一番新思想傳播出去，自己的心臟就會爆炸開來一般。自然他們也不會忘記在他們的一番宏論以後立刻打出一個特大號的噴嚏，以便把這種奇異的傳染病儘快地傳播開去。

不幾天的工夫，北京城裏的大中學生都上了大街，高舉著紅旗和最高領導的畫像，震天動地地敲打著鑼鼓，一場熱火朝天的革命運動於焉開始。

不多久這一場史無前例的大革命就席捲了整個中國大陸！

蝸牛的長征

「我這是怎麼啦？是噩夢？還是眞實？這是不可能的！不可能的！」

他扭轉頭就見一個圓形的硬殼結結實實地嵌在他的背上，而他自己剛從那個硬殼裏鑽出頭來。要是他願意的話，他可以輕易地再把頭縮回背上的硬殼裏去。他發現自己已經沒有了手，也沒有了腳，只有兩根觸角豎立在他的頭頂上，只要他面前稍有一點動靜或阻障，這兩根觸角就會自動地縮進他的頭頂裏去。

他記得夜裏曾經做過一些噩夢，好像身後窮追著一羣資本家、大地主、右派分子、反革命甚麼的，總之都是些黑五類。爲了擺脫這些個魔鬼的追擊，他像瘋子似地朝前拚命狂奔。他一會兒跑，一會兒游，一會兒飛，但無論如何總擺脫不掉身後的牛鬼蛇神。最後，終於他感到一隻冰冷的手觸及到他的脊背。這種意外的驚嚇，使他突感渾身的血漿一霎時都在他的血管裏凝結了起來。這種極度的恐怖超出了他可以忍受的限度，在一聲大叫中昏厥在地。到他逐漸甦醒過來稍稍恢復了他的感覺的時候，他只覺全身浸潤在汗液中。不！也許並不是汗液，而是一種遠比汗液濃稠的黏液。他雖然大睜著兩眼，卻甚麼也看不見，就像他平時習以爲常以被蒙頭睡醒時睜開兩眼的感覺一樣。他正想跟平常一樣把蒙頭的棉被掀開去，卻再也找不到自己的雙手了。奇怪的是他竟輕易地隨著一道彎彎曲曲的隧道把頭探了出來。

這時候他才終於明白過來，他已經不再是一個十八歲的男孩，一夜之間他變成了一顆小小的蝸牛。

他所以發現了自己的微小，是由於周身其他事物的對比。吊在屋中央那盞六十燭光的小小燈泡，如今對他顯得無比的龐大，簡直像是一個當頭罩下的太陽。他費了好半天的探索，才發現自己正沿著床腿向下爬去。正當他咀嚼著這種奇異的蛻變，突聽到一陣震天動地的雷鳴在這間跟他一起串連的同伴們居住了一星期之久的宿舍內轟響了起來。當心！當心！他立刻施出全身的力量儘量迅快地爬到床腿的後面，因爲他看見一隻隻巨大的腳從他前面晃了過去，只要其中有一隻無意中踏上了他的脊背，他就不免要粉身碎骨了。

「建華呢？」

突然間他聽到有人在提到他的名子，使他立刻屏息靜聽起來。

「大概已經跟第一組走了吧！」另一個回答說。

「媽的！他該等等我們哪！哥兒們，咱們也走吧！」

他看見同伴的巨腳一隻接一隻地離開了這間宿舍。一眨眼空盪盪的宿舍中就剩下他一個，一個小小的蝸牛，躲在床腿的背後。

他是串聯到北京來參加文化大革命的一個紅衛小兵，一心企望能夠光榮地獲得熱愛的主席的接見。一直等到前天才接到參加天安門大集會的通知。昨天天還不亮，他們這一組已經抵達天安門廣場。一到那裏，他才發現廣場上已經黑壓壓地聚滿了人海也似的青年男女。像他們一樣，多半人都是空著肚子來的。他見有人在傳遞燒餅油條，沒等傳到他們這邊早已經光了。爲了欺騙雷鳴的飢腸，大家都掏出小紅書來大聲地朗讀。奇蹟也似地一開始朗讀主席的語錄，肚子果然竟不再感到飢餓的煎熬了。

不久他就見一輪紅日打東方冉冉地升起，於是所有的青年男女都齊聲唱起：「東方紅，太陽升，中國出了個……」

他本來希望主席應該在這時候伴隨著初升的太陽在天安門的城樓上出現。但是沒有！天安門的城樓上似乎沒有一個人影兒，城樓中央做爲主席台的那裏看起來就像是一個野獸出沒的黑洞。他的心不能自止地因此而緊縮了起來。太陽繼續地升高、升高，不久他全身都浸潤在汗水之中了。大多數人都脫下了外衣，鋪展在地下，席地而坐。在小紅書的機械地咒唸中，他感到逐漸要進入夢鄉了。就在此時，他突聽到一陣潮水一般的響聲從北向南滾動而來，所有的人都忽啦啦站了起來。他也急忙站起，大睜了兩眼，瞅見天安門的城樓上出現了幾個小黑點。在他這種距離上看去，城門樓上的人只是些無手無腿的小黑點，不會比一隻小小的蝸牛大了多少。爲甚麼使他想起蝸牛？這種聯想幾乎使他忍不住笑出聲來。但是他沒笑，卻有一種想哭的衝動。突然間眼前一片黑，好像太陽無緣無故地崩落了下去。大概是由於他自己身體不夠強壯，在餓了一早上之後，眼看就要暈厥，就像他左近的幾個早已經躺倒在地。他急忙搖搖頭，瞪瞪眼，發覺自己仍然站在自己的兩腳上，小紅書也好好地拿在手裏，可是他甚麼也看不見，絕對地甚麼也看不見了。

「我是來參加文化大革命的，」他心中想道：「我來的目的是打倒那些走歪路的當權派！清除四舊！凡是舊文化、舊習慣、舊風俗、舊傳統，一切封建餘孽，悉數打倒！打倒!!打倒!!!但是以後呢？我自己又將如何？成為一個革命家？一個領導？然後也變成內奸工賊？反革命？像國家主席及其以下的當權派一樣？昨天身居革命領導的人，今天不是成了大叛賊了嗎？恥辱呵恥辱！所有的領導、所有的幹部都不過是冒牌的革命家、愛國者，實際上他們無不在暗暗地出賣國家人民的利益。如沒有這場文化大革命，我們仍然被蒙在鼓裏，再也不會明白事實的眞相竟是這般的下賤可恥！所以我們得打倒這羣孬種！可是誰又能保證今天正確積極的革命分子，明天不會也成為背叛革命的被人打倒的對象？啊！老天！我自己又將如何？我是革命的？還是反革命的？還是反反革命的？我一點也不明白！我還年輕，擺在我面前的路那麼遙遠，我怎麼能無所事事地等待別人來判決我的命運？但是不等待，又能做甚麼？像衆人一樣去打倒清除？然後再像衆人一樣地被別人打倒清除？我的前途在哪裏？革命轉眼間二十年就要過去了，可是舉眼望去卻出現了越來越多的叛徒、內奸和反革命！如果革命只能散播這樣的惡種，革命又有甚麼好處？」

在這樣沉思默想中，小蝸牛慢慢地從床腿後面爬了出來。宿舍是空曠的，寂無一人。夥伴們都走光了。他們的下一站是延安——革命的聖地！到延安去朝聖，爲的就是汲取新的革命精力。三十四年前，我們的革命家開始了走向延安的長征，而終於贏得了革命的勝利。夥伴們現在又向延安長征，只有我獨自遺留在這間空虛的宿舍裏，我已無能參與衆人的大業了。是幸？還是不幸？在前進的路程上，除了把精力導向毀人而終至自毀的征途外就沒有別的道路了嗎？可是如今我只不過是一隻小蝸牛，我既不能毀人，也不會毀我的同類，在蝸牛的世界裏是沒有革命的。但是一隻小蝸牛也該有他的前途，也許並不比一個十八歲的少年的前途更差！甚麼是小蝸牛的前途呢？長征！不錯，長征！不停不歇地長征！毫無目的的長征！除了這樣的無所期待的長征以外，我看不到還有甚麼別的前途可言。反正，只要可以往前走，就必定會有希望的！

他一面這麼想著一面慢慢地朝前爬去，在地下留下了一條銀白色的痕跡，但是他自己並不知道。他並不東張西望，只挺起他探路的觸角勇敢地朝前爬去，向前、向前、永遠向前……

英雄跟他的影子

在消滅了所有的對手以後，英雄反倒憂愁起來了。憂愁的是再也無須處心積慮地去結果任何敵人，再也沒有一個人膽敢對他說一個「不」字。但是極端令他煩惱的卻是孤獨。

他已經被他所征服的人們高抬到衆人之上，他已經跟太陽與神祇一樣地受著人們的膜拜。他再也無法對任何人傾訴心頭的煩惱,也不能對任何人坦露心底的積思。他所能做的唯一的事情只是命令，永遠頒布命令，而從不接受命令！有時候他多麼渴望也有人下達給他一道命令，使他像衆人接受他所下達的命令一般心誠悅服地去執行。可是辦不到了！那種使他覺得像衆生一般樣的時光早已是一去不再返回了！

每天他都穿過一條長廊，在長廊的盡頭豎立著一面穿衣鏡，只有在那裏他才能遇到一個跟他平等的可以交談的對象。

「你好像比昨天又瘦了一點。」他對穿衣鏡裏那個對象憂悒地微笑著說。

「孤零零的一個人，我怎能不瘦呢？」穿衣鏡裏的那人也展露著同樣憂悒的微笑回答說：「卡在這樣的一面鏡子裏，你只不過每天才來看我一次！」

「我時間有限呀！」英雄歉然地說：「我工作很忙。」

「工作！工作！你總是有些堂皇的藉口！」

「我工作忙是一點也不假的。衆人需要我！噢，不！我應該說衆人需要我的命令！如果沒有我的命令，他們一天也活不成的。」

「那麼說來，你倒算是個重要的腳色了？」

「你說的不錯！如果不嫌過分的話，我倒應該說我是個非常、非常、非常重要的人物！」

「爲甚麼這麼客氣？難道說在我面前你還有甚麼不好意思的事嗎？」

「不！可是……當然不會！但是……也不能說多少沒有那麼一丁點兒。說到底，你倒像是個正直的人。在正人面前，人們總不得不收斂些自己的驕氣。」

「難道說除了我以外，就沒有一個人使你覺得在他面前多少應該謙抑一點？」

「不幸的是沒有了呵！我現在居身的世界是我征服了的，這個你早也該知道了。在一個被我征服了的世界裏，我就是衆人的主人，衆人的神祇。人們只有爭先恐後地要來做我的走狗，沒有人敢跟我齊肩膀打平兒。」

「恭喜啦！當衆人的主人和神祇是一件多麼的可敬可羨的事呵！對不對？」

「你說的話有時候是不錯的！」

「爲甚麼說有時候？」

「因爲……我怎麼知道爲甚麼？其實，我既不是主人，也不是神祇！」

「你不是剛剛說過你是衆人的主人和神祇嗎？」

「這是衆人把我看成主人和神祇的，他們並沒有來問我的意思。」

「那麼你的意思是甚麼？要是我沒有誤解你的話，你原來並沒有做衆人的主人與神祇的意思！」

「不！我原來是有這個意思！」

「可是現在卻沒有了？」

「不錯，現在沒有了！做衆人的主人和神祇很不是滋味兒！」

「爲甚麼不是滋味兒？」

「我不知道怎麼跟你解釋才好！好多好多事情使我煩惱愁悶，叫我心裏不舒服……我……我……我老是一個人！」

「你感到孤獨了，是不是？」

「我孤零零的一個人，就像太陽一樣永遠見不到月亮和衆星的面。」

「你並不愛孤獨？」

「當然不！」

「這麼說來你實在是一個渾人，當日喜愛的現在又不愛了！」

「不過像衆人一樣罷了！以前我沒有這種經驗，只有如今我才體會到孤獨是種甚麼滋味兒。」

「這就是爲甚麼你每天必來看我的原因了？」

「不錯！如今你是唯一的一個人我還多少可以談談心裏的話。」

「多謝你的抬舉！實在說，我也是孤獨的，永遠卡在這樣的一面他媽的穿衣鏡裏……」

「我知道！我知道！幸而在這個世界上我還不是唯一孤獨的人。一看到你，我心裏多少覺得舒坦了一點。」

「因爲我的孤獨，你獲到了自慰？」

「大概是的吧！」

「多麼殘忍自私的人哪！」

「人人都是如此！看見別人受苦，才能寬解一點自己的苦難。你不是這樣？」

「我不知道別人怎麼樣。除了你以外，我沒見過別的人。可是看見你受苦，我從來沒覺得因此使我自己得到寬解過。我多麼希望有一天你能給我砸碎這一架惡魔的穿衣鏡，把我解放出來……」

「不！不！做不得呀！在那裏，在穿衣鏡裏正是你的居身之所。如果一旦沒有了穿衣鏡，你也就無法存在了！」

「我哪裏管得了甚麼存在不存在的問題！要是存在只有痛苦的話，存在還有甚麼意義？」

「存在就是痛苦！正因爲痛苦，才會感到自己的存在。如此而已！」

「再也沒有別的了嗎？」

「我不知道，對我而言，只是如此而已！」

「可是你竟接受這種情況？」

「要是我可以選擇的話，也許……然而，如今我已沒有任何選擇的餘地了呵！我已經征服了、消滅了所有的敵人，現在是連一個也沒有了呵！」

「你可不是已走到一條死路上去了嚒！」

「一點也不差！我是走上了一條死路，已沒法子後退。」

「爲甚麼？」

「時間哪，時間！時間是永遠不倒流的！我已經老了！」

「我也是一樣，也老了！你看，我的鬍子跟你一樣的長，我跟你一樣，也是一頭白髮，我也已經掉了半嘴的牙齒，這些看起來好看的都是假的。可是，我卻不甘願接受這種處境！我一定要解放！」

「解放甚麼？」

「解放這一架穿衣鏡！也就是說把我自己從這個要命的框框裏解放出來！」

「就是犧牲掉你個人的存在也在所不惜嗎？」

「就是有這種危險也管不了了！」

「你要是眞正決心如此，我倒不妨助你一臂之力。可是以後，我可就再沒有一個人可以談談的了！」

「又是你自己！你心裏想的怎麼總是超不出你自己！」

「我眞的想的只是我自己嗎？」

「你何嘗想過別人？連我你也沒想過！這就是自私，自私，自私啊！」

「自私？也許你說對了，我實在自私！我整天鼓勵別人不要自私，可是對我自己一點辦法也沒有。恐怕這也不是我一個人的問題，世間可有不自私的人嚒？每個人都只做自己愛做的事。要是有人愛上不自私，結果還是一種自私！是不是？」

「多麼透徹的邏輯！我問你，你做過的事可都是你愛做的？」

「原則上如此，因爲你不是已經認定我是自私的了嗎？」

「從自私裏你到底得到些甚麼好處呢？」

「甚麼好處也沒得到！可是爲人也不能這樣勢利主義，事事都要講好處。世人們做的很多事情是一點好處也沒有！」

「哈哈哈哈！我懂了！我懂了！你不過是一個老笨蛋而已！你自私自利，你只去做叫你自己開心的事。然後，忽然有一天你發現以前讓你開心的事現在卻讓你煩惱了。你成了你自己意志的俘虜，你自己的意志反戈來攻擊你自己的意志！哈哈哈哈！你簡直是個老混蛋嘛！」

「你竟敢嘲笑我？對我不恭?!」

「哈！哈！哈！哈！哈！哈！哈！哈！哈！簡直是個混蛋嘛！」

在氣頭上，英雄再也不加考慮地一拳就打到對方的臉上，在一聲響亮的破裂聲中，鏡中的人大呼道：「我終於自由了！」

然後一切都陷入靜寂中。

英雄回轉身，朝著來時的長廊往回走去。天色已經黑下來了，現在一切都陷入不可見的黑暗中。長廊在英雄前進時無限地延伸下去。他一直地往前走，可就是再也走不到頭了！

鯉魚龍廷

一、前奏

到過北京的人，沒有一個不知道北海公園的；知道北海公園的，當然也知道北海是一個甚麼樣的所在，包括在中小學裏沒有好好念過文明發展史的人在內，皆知北海乃鯉魚的王國也。

鯉魚王國是一個極古老的王國，比人類的任何王國都要來得古老，據說是在冰河期就已經發展出極高的文明了。但是不管一種文明有多麼輝煌，研究文明發展史的學者告訴我們，都有萌芽期、鼎盛期、式微期這三個階段。鯉魚文明的萌芽期既然可以上溯到冰河時代，就非我們這種後進的族類能夠確定它的日期了。即使最近幾個世紀以來，集中了人類科學界、歷史界的精英，創立了一種爲全球學術界所公認的，與宇宙探測同等重要鑽研鯉魚發展史的新科學，耗費了大量的人力與金錢，對鯉魚文明的起源仍然所知有限。至於鯉魚文明的鼎盛期，有些學者認爲大概與中華文明的漢朝約莫同時，另有一批卻堅持與唐朝同時。也有幾位世界公認的大史學家主張鯉魚文明的鼎盛期不前不後，恰恰與蒙古人建立的元朝同一個時期。總之，每一家學說都有足夠的理由來支持自己的主張，卻沒有足夠的理由去反駁別人，所以嚒，就只好衆說紛紜，莫衷一是了。

說到鯉魚文明的式微期，大家都一致公認乃發生在二十世紀的後半期。研究鯉魚文明式微的原因，有一度成爲一種獨立的科學。在最近的幾世紀中，各國成立了不少專門考研鯉魚文明式微的根由的學術研究機關。遊歷過倫敦、巴黎、紐約、莫斯科、東京的人，一定看見過有幾座雄偉的建築高掛著「鯉魚文明科學研究所」的大招牌，做爲上一個世紀的名勝古蹟，供人參觀憑弔。爲甚麼人類對鯉魚的文明發展史竟如此之重視？據說，一者鯉魚文明是在人類之外的動物界唯一達到高度文明的一個族類，二者人類希望從鯉魚文明之式微中汲取教訓，以便避免人類文明步上同樣式微的後塵。

從事鯉魚文明的研究，每年都要消耗人類大量的金錢。據說上一個世紀的亞非地區的大饑荒就因此而起，這也就是爲甚麼反對之聲四起的原因了。在反對者看來，這種研究只是白費功夫，不管有無根由，反正研究文明史的學者已經先驗地指出了凡文明都有它的式微期，也就是說地球上的任何文明無不是步向衰亡的。人類既然發現了這樣的客觀眞理，去尋根究柢地找出它的原因，又有甚麼用處？因此贊成的和反對的雙方爭執不休。開始的時候，不過是在會議桌上和報章雜誌上彼此攻訐，以後愈來愈演成了一種羣衆性的運動，雙方都發動了大批人馬到街上去示威遊行，最後大打出手，抓破了對方的耳朵，咬傷了對方的鼻子。這是閒話。正文是贊成者多屬於學院派的知識分子，反對派裏邊卻多的是人民大衆。人民大衆最關心的是肚子問題，至於甚麼學術研究，只好去他娘！因此反對派終於獲得最後的勝利。讀者們當然早已在歷史書上讀到過反鯉魚文明研究大起義事件，這個事件導致的後果是世界上各國所有的鯉魚文明研究所均關門大吉，所有的研究資料均被暴民焚燬，以後有很長的一段時期沒人再提鯉魚的文明。以純學術研究的立場而論，自然是一樁極端遺憾的事，但是在羣衆有理的時代，也就無話可說了！

幸而有極少的一部分資料，不知被哪個不要命的科學家秘密地保存了下來。直到最近不久，反鯉魚文明研究大起義已經成爲上個世紀的歷史陳跡，世界上的幾家最有後台的大報才敢披露其中的片片段段，並由今日的名科學家、名歷史家加以詳盡的考據和註解，於是鯉魚的文明發展史終又成爲今日人們茶餘酒後的談助。自然經過了上個世紀那種火爆的場面，今天再也不會有人倡導成立甚麼科學研究所了。大家假裝視之爲一種道聽塗說的閒言妄語，以免再激怒了今日的人民大衆，惹出一場無妄之災來。

下面的故事就是在這種精神下，摭拾雜湊耳聞傳說及報章雜誌上披露的零星資料而成。

二、鑼鼓齊鳴

在二十世紀後半期的一個晴明的早晨，北海鯉魚王國的兩條小鯉魚公民，正當游到水邊冒出頭來呼吸一口空氣的時候，突爲一陣震天動地的鑼鼓聲所驚走。數年來，鯉魚王國的公民時常爲這種喧鬧的鑼鼓聲所驚擾。因此之故，做爲王國的貴族階級的鯉魚們也就越來越少接近北海的岸邊，而只在北海中央最深的水域中活動了。

這兩條小鯉魚，身上雖說流的有貴族的血液，到了他們的父親一代，卻早已成了一個破落戶。這就足以說明他們何以攙雜在魚鱉蝦蟹的魚民大衆之中而不以爲忤，也有膽量不時地游近岸邊的道理。說實在的，鯉魚王國的居民們本早已習慣了這種不多麼和諧悅耳的鑼鼓之聲，按理本不該再驚擾到王國的日常生活。但這一天清晨的鑼鼓聲的確相當例外，其聲量之大把北海平日鏡面一般的水面都激出了無數小小的波浪。如說那日人們所敲打的不是特大號的鑼鼓，則必定是千萬隻鑼鼓同時響起。

像火燒尾巴的猫一般，兩條小鯉魚驚得立刻掉轉身往北海中央深水區奮力游去。一路上他們看到小魚小蝦們無不在竊竊私語，顯然這種震天動地的鑼鼓已在鯉魚王國中引起了不少的驚恐。他們正往前游時，突見魚鱉蝦蟹的魚民大衆箭也似地往上下四方急馳而去。他們立刻意識到一定有個大人物在出巡，所以立刻也就跟在魚民大衆的後邊游開去。可是不幸竟晚了一步，他們突感自己的尾巴已經給巨蟹衛士的兩把大螯緊緊地鉗住。

他們隨即被兩隻巨蟹拖到一條慢慢游動的年邁的老鯰魚面前。他們立刻認出出巡的正是鯉魚王國唯一非貴族血統的高官——羣衆部的部長。老鯰魚雖然身爲羣衆部長，卻也並不常到羣衆間出巡。今天定然發生了甚麼不尋常的事故了，一看他那一臉慌急的神情就知定非無端。

「這是兩個阻道的小流氓！」巨蟹衛士報告說。

「你們看見本官不知迴避，無故阻道，成何體統！」羣衆部長沉著一張皺臉喝道。

「我們是出來散散步的。」兩條小鯉魚唯唯諾諾地說。

「散步？你們也不看看今天是散步的日子嗎？你們沒長眼睛？沒長耳朵？沒長……」

部長大人的怒意一寸寸地在增長，聲音也一聲聲地在提高。正在這時，有一條小跟班趨前在老鯰魚的耳旁低聲說了幾句話。老鯰魚立刻掏出了他的老花眼鏡來，掬在面前，把兩條小鯉魚上上下下地仔細打量了一番，不禁在他紛亂的鯰魚鬚中透露出一線笑容來。

「你看我這雙老眼，竟沒看出來的是兩條小鯉魚！原來是皇家血統的！你看，你看，可不是平白的一場誤會嘛！」他轉臉指著那兩個張牙舞爪的衛士道：「該打！該打！有眼不識泰山！可是，兩位小友，以你們的尊軀，不該在魚民大衆間閒游嗷！你們知道女王陛下的聖旨是嚴禁種族混雜的！其實，也算不了甚麼啦！我不會對人說甚麼，就算沒這件事罷了，請趕快回府吧！」

目注著兩條小鯉魚向深水處游去，老鯰魚又喊道：「別忘了替我在令尊前請安！就說是鞏衆部長請安啦！」

「霍！」鞏衆部長鬆了一口氣，扭頭看了一眼鑲在魚鰭上的電子錶道：「老天！老天！已經這麼晚啦！陛下召集的御前會議！陛下召集的御前會議呵！」

老鯰魚一面嘟囔著，一面扭轉身在衞士和跟班的拱衞下，搖頭擺尾地朝北海中央建立在湖底最深處的巖穴中的鯉魚龍廷游去。

三、御前會議

羣衆部長到達龍廷時，部長們的御前會議已經開始。幸而他的座位是最後邊的一個，一進門就是，所以他溜進去的時候倒也沒有引起甚麼注意。

龍廷中的上下四方的巖石上，鑲嵌了耀目的夜明珠，照耀得龍廷內一片霞光似的通明晶亮。兩邊坐滿了貴族與部長們的石凳，從門口直接到皇位的下方。女皇的寶座建築在一方巨大的水晶上。寶座是純金雕成盤龍形狀的座椅。鯉魚女皇陛下正穩穩當當地高踞在那裏。女皇已有兩百五十歲的高齡，對講究年資的鯉魚而言，正是德高望重的年紀。女皇頭戴一頂滿鑲了珠寶的玳瑁王冠，右鰭中執了一隻純金的權杖，權杖上鑲著一方價值連城的藍色寶石。只要女皇略一轉動她的權杖，這藍色寶石就會閃閃發光，逼得衆魚們連眼睛都睜不開來。

女皇身材高大，從頭到尾大概足有一公尺多長，重約二十公斤。據說一條鯉魚如果超過三百歲，就有資格跳過龍門化而成龍。龍門在黃河的中游，有一條地下秘密水道從北海直通黃河。只有少數幾條直系皇族的近親才知道這條密道的所在。因此之故，據說所有皇家的先祖最後無不躍過龍門化而成龍。對魚民大衆而言，這雖然只是一種傳說，但是皇家的史官卻保存有官方的紀錄，宮廷也就因此盡力地把這種傳說向外傳播，以便使魚鱉蝦蟹們確信鯉魚與龍之間的關係。

閒話少說，書歸正傳。這天是一次擴大的宮廷會議，所有的皇親國戚部長高官無不出席。這些大人物自然毫無例外的都已是超過了兩個世紀的高齡鯉魚。因爲鯉魚們向來不遵守會議規程，有些大人物更是倚老賣老，雖有女皇在座，也難免羣聲鼎沸。所有的部長貴族們都大張魚口勃勃發言，沒有魚聽得見別的魚在說甚麼。有好一陣子女皇只好命兩個魚監一邊一個把溫柔的魚口堵在她尊貴的耳朵上。（在此順便提一筆，據說中國王朝的太監制度正是襲自鯉魚龍廷的魚監而來。）

到了最後女皇實在忍無可忍，用力把兩個魚監一推，用權杖嘭嘭吧吧地猛敲了一陣黃金寶座的扶手，又用藍寶石往廷中狂照了半晌，才總算使衆貴族高官安靜下來。這驟然的一靜，一點聲音也沒有了，靜得居然可以聽得見水藻隨水波漂動的颯颯的微響。

女皇這才啞聲地喝道：「你們這羣無恥的魚們，白受了鯉魚的特種敎養！簡直比普通的魚鱉蝦蟹都不如，連個會都開不成嗎？」

一片安靜。

女皇又繼續道：「寡人今天召集這一次擴大的御前會議，是要聽取一點可靠的情報，不是聽你們胡吵亂嚷來的！首先寡人要知道是甚麼外來的聲音激起的水波，擾亂了鯉魚王國的安寧？」

聽了女皇的話，部長貴族們都不禁你看我我看你地面面相覷起來。

「你！總理大人！你有甚麼話說？」女皇突然指著最靠近寶座的一條老鯉魚說。

一聽女皇的呼喚，總理大人趕緊離開座位匍伏在地。（在此我們又得下一個註解，按照鯉魚王國的傳統，部長也好，貴族也好，都不准坐著與女皇對話，應該趴下以示服從與尊敬，所以宮廷中只有凳而無桌，即是方便高官們可以隨時趴下回話。）

「陛下的奴才，」總理大人恭敬地回稟道：「一接到聖上偉大英明的召書，即刻傳旨內政部長收集一切有關的情報。」

「那麼，」女皇轉臉問道：「你，內政部長！你有甚麼話說？」

內政部長也立刻撲身在地稟道：「陛下的奴才稟告聖上，國內的動蕩十之八九乃來自魚鱉蝦蟹們的不安其分。因此之故，這不在內政部的權限之內，而責在羣衆部長！」

一聽此言，所有的鯉魚們都扭轉頭去看坐在後座的老鯰魚。

老鯰魚沒等女皇呼出他的名子，已經一個箭步趴下身去，因爲用力太猛，把老魚鬚都在堅硬的巖石地板上搓掉了半根。

「陛下的不入流的奴才的奴才，」羣衆部長啓口稟道：「近來國內水波的動蕩……」

「等等！」女皇舉起了她的夾鼻眼鏡瞅著趴在龍廷最後邊的老鯰魚道：「寡人要先知道剛才內政部長所言的羣衆中的動蕩是否仍是紅魚暗中猖亂所致？」

「陛下不入流的奴才的奴才回稟最英明尊貴的陛下，自從奴才的奴才出掌羣衆部以來，紅魚已不敢再煽惑羣衆，惹是生非。至於對此等猖亂鼠輩的掃蕩與處決，則歸內政部的職權範圍。」

這時內政部長仍然趴在地下，不曾起身。一聽羣衆部長之言，內政部長的魚鱗急得都聳立起來。

「聖明的陛下請聽奴才回稟，」內政部長深深喘了一口氣道：「現今的紅魚常常改變顏色，一會兒是黑的，一會兒是黃的，一會兒又成了金色的，以致難與其他國民分辨。再說呢，此等叛亂鼠輩多受外來的影響。人人皆知鯉魚王國的國民是世界上最最順從的族類，如沒有外來的影響，我們這種和平的王國就不會產生任何是非。因此，以奴才愚見，此事應歸國防部長處理！」

「啊？可不能這樣說呵！」國防部長氣得還未等一鼻子搶倒在地已經大叫了起來：「紅魚也是魚，不管如何，仍算是鯉魚王國的國民！陛下的奴才回稟聖明的陛下，這種事不多不少仍屬內政的一部分！」

這回內政部長也轉臉氣哼哼地直接駁道：「若是沒有外來的影響，再也不會有內在的猖亂！」

「簡直是胡言亂語！」國防部長怒道。

「你才是語無倫次！」內政部長也不服輸地頂了回去。

「你就會推卸責任！」

「你天生的就是個懦夫！」

「我看你簡直混蛋！」

「你才眞不是東西！」

「你……」

「你……」

兩位部長的對罵越來越急，越來越快，彼此交叉淹沒，以至於沒有魚再聽得清他們罵的是甚麼了，只可看見他們四扇魚鰓搧動得像正在飛翔的翅膀一樣迅快。女皇身旁的兩個魚監趕忙趨前把兩張溫柔的魚嘴堵上了女皇的耳朵。可是女皇立刻怒容滿面地把他們推開了。女皇又再一次用權杖敲擊著盤龍寶座，魚聲才逐漸地平靜下來。

女皇沙啞地喝道：「你們還知道羞恥嗎？你們的教養都哪兒去啦？也不想想這麼一大把年紀，在寡人面前吵起架來十足像兩個拾破爛的魚！不知恥的東西！」

寂靜。又可以聽見水藻在水流中輕輕擺動的颯颯聲。

「今天，」女皇又接道：「可不准像往日似地把個御前會議開成個不歡而散會。聽！你只要聽聽這水流的聲音，就知道今天的事情非同小可！」

寂靜。衆魚側耳細聽，水藻的颯颯聲果然與平日不同。平日水藻的聲音總極爲溫柔而有規律，今日的聲音不但沒有規律，而且暗藏有一種金鼓殺伐之音！大家都不由得屏息警惕起來。

「好吧，」女皇又道：「老鯰魚！你身爲羣衆部長，你總得給寡人說明白在羣衆中到底發生了些甚麼事體？」

未張口，羣衆部長先嚥下了一口酸辛的口水，因爲他最怕人家提到他的階級出身，何況今日在衆鯉魚貴族之前。但提到他出身的不是別人，而是高高在上的女皇，除了嚥酸水以外他一點辦法也沒有。

「你倒是給寡人說啊！」女皇又緊了一板。

「陛下的奴才的奴才回稟高貴聖潔英明的陛下，現在羣衆中的不安情緒並非爲紅魚策動，而實在是來自外邊世界中的巨大的聲響。」

「甚麼外邊的世界？」女皇一邊問，一邊示意一個魚監來搔她的肚子，因爲她忽然感到有些發癢。

「外邊的世界嘛，」羣衆部長拖長了聲音，以便加強發言的效果：「換一句話說，就是我們叫它作人的世界了。」

「人的世界？不是那裏，下邊點！」女皇說。

「下邊點？」羣衆部長不解地重複道。

「不是對你，是對他說的！」女皇指了指正在用他溫柔的魚嘴爲女皇搔癢的魚監說。

「是！聖潔的陛下！」羣衆部長立刻機警而順從地低下眼去。

「你所說的人的世界，」過了一會兒女皇沙啞的聲音又響了起來：「是不是就是那羣由猴子變來的野蠻的族類，靠了我們鯉魚文明的薰染一天天開化起來的那些東西？」

「就是啦！英明的陛下！」

「這些野蠻的族類在搞些甚麼呀？」

「他們在敲鑼打鼓！」

「敲鑼打鼓？可是爲甚麼敲鑼打鼓？」

「陛下的奴才的奴才也不知原因何在。可是據最可靠的情報，幾十年前在人的世界中發生了一件大事，從此以後他們就再也不肯安靜，時常地不是敲鑼就是打鼓，弄些奇怪的聲音出來。可是從來也不曾像今天這麼鑼鼓齊鳴，把王國的水波都震盪起來。看樣子一定又發生了甚麼大事了！」

「大事？」女皇接道：「倒是有趣！諸位賢臣們，你們想，我們不該立刻派遣我們的大使到人的世界中一探虛實？」

「陛下明鑒，」內政部長陰陽怪氣地道：「陛下的王國中惡劣的影響正是來自外界！」

「難道說你的意思是我們的大使應該負這個責任？」

「不！不！」內政部長急道：「奴才豈敢如此無禮！而且皇家使者已經很久不

曾受命外放。陛下奴才的愚意不過是一旦皇家大使外放，叛亂集團也可乘機外放諜報人員！」

「嘿嘿！」女皇笑了一聲道：「寡人倒想知道叛亂集團能派得出甚麼腳色！你必定也明白，只有龜使者才能離開我們的王國，而龜使者是絕對忠於皇家的情報人員！」

「英明的陛下忘懷了另一類天生的情報人員，」內政部長焦灼地道：「那就是蛤蟆！」

「蛤蟆？你說的是不是我們日常食用的蝌蚪的父母？」

「正是！幾千萬年來我們天天吃的就是蝌蚪啦、小蝦啦、水蛭啦甚麼的，從沒有魚說過有甚麼不對。陛下的奴才實在不明白何處來的這種惡劣的影響？」內政部長陰險地瞅了國防部長一眼說：「現在突然間竟有些魚們議論這是不魚道的事情啦！這就是為甚麼蛤蟆們很容易受叛亂集團煽惑的原因。」

「別這麼擔心吧，我的老內政！」女皇笑了一聲道：「這都是些寡人的奴才，只要寡人稍稍加以顏色，他們立刻就會成為保皇黨！」

「但是……」

「沒有甚麼但是！」女皇已顯出不耐煩的顏色，立刻打斷了內政部長的話：「說眞個兒的，寡人是忘了像烏龜一樣，蛤蟆也可以到外面的世界去。爲甚麼我們不可以同時派遣兩隊人馬，一隊烏龜，一隊蛤蟆？這麼一來，兩隊人馬互補短長，我們不是可以得到更詳盡的情報嗎？」

「陛下天才的主意！」羣衆部長立刻大聲讚道。這條老鯰魚最會抓住拍馬的機會，不然憑他的出身，如何能與鯉魚貴冑並列？

「奴才也認爲陛下的主意極爲英明！」國防部長說。很明顯地含有幾分故意說給他的對手內政部長聽的意思。

「可……可……可……可是，陛下明鑒！」內政部長惶惶然地朝前爬了一步說：「這些年來我們盡力阻絕外界的影響，所以我們才嚴厲執行關門政策。如今陛下派出一隊外放人員，其後果已經難以預卜，何況竟要派出兩隊……」

「不用擔心！別忘了我們的王國是世界上文化最悠……」一句話還沒說完，女皇打了一個大哈欠，把話中斷。總理大人立刻也跟著打了一個，然後部長們也無不哈欠連連起來。女皇立刻想到服用水藨的時間已經到了。

「好吧！今天的會就開到這裏吧！」女皇一面宣布說一面就起身離開了她的盤龍寶座。

於是一聲悠長而嘹喨的水螺聲響起，衆臣子一齊伏身高呼「女皇萬歲」！

女皇就在衆魚監的拱衛下大搖大擺地游出殿去。

女皇一退席，殿內立刻充滿了嗡嗡的魚語聲。衆部長貴族忙不迭地各自從各種形狀和各種顏色的寶螺裏掏出水藨來塞進嘴裏去。有的咳嗽，有的揉著流淚的眼睛，彼此交換著非常親切和藹的奉承話。在嘈雜的語聲中逐漸地送來一種柔美的樂聲，原來組成皇家樂隊的鱔魚和水蛇已經開始用他們的長尾巴在水流中播弄出種種賞心悅目的音樂。又一聲悠長的螺聲響起，游進來一條彩虹也般的帶魚——鯉魚王國的首席舞星，像平常一樣，在每次御前會議之後都進宮來爲部長大人們表演一場美妙的舞蹈。

除了內政部長以外，所有的部長貴族們都懶洋洋地沉坐在各自的座位上，一面嚼著水藨，一面有氣無力地鼓著鰭，圓睜著一雙雙貪婪的魚目盯住著扭動盤曲的帶魚的身體。

四、秘密組織

氣憤加憂心使內政部長獨自悄悄地離開了御前會議的宮殿。

在宮門口，他看見貴族的扈衛巨蟹們正在撕食著一條條泥鰍的屍身。一看見主人出來，其中有四隻螃蟹急忙丟下泥鰍爬了過來。內政部長的府第離皇宮並不太遠，敍起家世來，他還算皇家的近支。這時內政部長感到非常疲勞，就立刻在巨蟹的扈從下朝自宅游去。

在家門口，正巧碰見他的兩個兒子出來，內政部長喝問道：「你們不好好在家讀經，又要到哪兒去瞎混？」

「到皇家大學去！」老大丟給老二一個眼色這麼回答說。

「好！多多用功！」內政部長望著兩條游開去的小鯉魚感到無限安慰，心中不免盤算如何安排老大在自己三百年後接任內政部長的職位。老二呢，也許可以頂掉羣衆部長的差事，總不能再讓小鯰魚來接事。「龍生龍、鳳生鳳，老鼠的兒子只能讓他去打洞！哈哈！」內政部長游進家門的時候，心內不禁又高興起來了。

內政部長的兩個兒子，在游了一段路以後，轉了彎。他們並不向皇宮左近的皇家大學游，卻向一個貧民區游去。

「你看見老頭子那副嘴臉了吧？」老大說。

「好像不大對勁兒！」老二答道。

「一定是爲了今天的御前會議！」

「你想眞有甚麼嚴重的事情？」

「嚴重的事情？在我們國家可有不嚴重的事兒？只要這般老朽們在位一天，國家就甭想有甚麼進步！」

「噓！」老二警惕地說：「小心密探的耳朵！」

兩條小鯉魚加速朝前游去，不久就到了一處相當渾濁的水區。只見發育不良的小魚小蝦在滓泥中拖曳著他們瘠弱的身軀，一瞅見兩條小鯉魚都嚇得把頭藏進泥裏去了。這時迎面游來了一條僞作黑色的紅魚。

「請跟我來！」黑色的紅魚悄聲說了一句就領先游去。不久就到了接近岸邊的一處水域，水色為岸邊的柳樹蔭蔽，顯得異常黑暗。在暗影中游蕩著幾條鯽魚和草蝦，暗暗地對黑色的紅魚打著鰭號。

「好好跟我游！」黑色的紅魚又回頭瞅了一眼鯉魚兩兄弟說。

兩條小鯉魚跟黑色的紅魚鑽進了一個石穴，初時彎彎曲曲，但不到幾公尺竟豁然開朗，是一個相當大的石窟。裏面擠滿了各種各樣的魚，有僞作各種顏色的紅魚、有鯽魚、有鱔魚、有泥鰍、有盤蝦、有草蝦、有蛤蟆、有蛤蜊，也有屬於中產階級的鯰魚、鱸魚和鮭魚，竟也有幾條屬於貴族階級的鯉魚；不過都是些年輕的。那兩條被羣衆部長的扈衛逮捕過的小鯉魚也在內。

內政部長的兩個兒子一到，所有的魚們蝦們都蜂擁過來熱烈地跟他們握鰭，那熱情把鋼鐵都可以熔化了，把兩條小鯉魚感動得眼淚汪汪。這時候魚們都忽然閃開了一條通道，游過來一條僞裝成金色的肥大的紅魚。

那條黑色的紅魚急忙趨前介紹道：「這就是×同志，今天會議的主席！」

金色的紅魚微笑著伸出了肥厚的魚鰭，一面蒼勁低沉地說：「歡迎！歡迎！熱烈歡迎！我們正需要你們這種年輕有為的魚！特別以兩位令尊的地位，兩位竟肯光臨，實在使我們感到無上的榮幸！」

兩條小鯉魚也急忙伸出了魚鰭，有些難為情地喃喃道：「為了國家，為了魚民，我們情願貢獻出所有的力量！」

「好極了！」×同志仍然堆著一臉笑容說：「國家至上嘛！為了國家，我們不惜流汗，也不惜流血！」

兩兄弟眼內又不禁湧出淚光來。

這時候有打擊石塊的聲音，魚們立刻安靜下來。另一條偽作黑色的紅魚游到一方做為講台的岩石上宣布愛國社的第五十八屆常會開幕。

「首先，」這條黑色的紅魚把聲音提到最高度叫道：「我們請×同志給我們做政治報告！」

在熱烈的鰭聲中，黑色的紅魚把位子讓給了×同志。

於是金色的紅魚就用他那蒼勁低沉的聲音開始報告了：

「親愛的兄弟姐妹們！像從前一樣，今天我不但來給各位做一次政治報告，而且要報告給各位我們國家的實情，除了實情以外我一句廢話也不多說！在座的諸位，都是鯉魚王國的國民。我們的國家是世界上最古的國家，我們的文明是世界上最早的文明，我們每條魚都曾以此為傲。可是呢，要是我們有勇氣面對現實的話，不容否認的是我們今天早已經被其他族類超越過去。這些族類我們一向認為他們是野蠻的、落後的。不客氣地說，今天在其他族類的眼裏，是我們從文明墮落成了野蠻！是我們從進步變成了落後！是我們從光明走進了黑暗！我們還有甚麼值得驕傲之處嗎？沒有！沒有！絕對沒有！我們今天所有的只有羞恥！除了羞恥以外已經一無所有！要是你們想知道實情，就不能再閉著眼睛，睜大眼仔細看看周圍環境的時辰到了！請你們自己來看，在我們高貴的王國裏，在我們美好的社會裏，都發生了些甚麼事情！

「站在我們頭頂上的是鯉魚貴族。他們是天生驕子！龍的傳人！他們已經統治我們的王國統治了幾千萬年之久！他們已經把我們剝削了幾千萬年之久！他們住在高貴的龍廷裏，吃著我們魚民的肉，喝著我們魚民的血！他們無憂無慮，一天到晚嚼著水蕪，沉在舒適的石凳上觀賞肉感的跳舞。其次，是我們的資產階級，這些魚幸而逃過了被吞的命運，他們便只會在貴族面前搖頭擺尾，極盡諂媚之能事，以便分幾條小蝦和泥鰍。但是我要告訴這些資產階級們，你們不要樂過了頭，到羣衆都死光的時候，厄運就會輪到你們的頭上！

「現在讓我們再來看看魚民大衆是怎麼生活的。今天所有在座的魚，都經過了我們的貧民區。你們一定親眼看到了我們親愛的羣衆兄弟姐妹們生活在甚麼樣悲慘的境地。沒有避身之地，他們只好拖在滓泥裏；沒有權利動用王國中的半根水草，他們只能吃滓泥！然而他們卻要一天天把他們的兒女奉獻給貴族們去滿足別魚的口腹。要是他們膽敢出一句怨言，立刻就會遭到兇蠻的巨蟹的逮捕，這些貴族的走狗會毫不客氣地刺穿他們的肚腸。

「甚麼是我們國家社會的實情？實情就是我們的社會是一個魚吃魚的社會！大魚吃小魚，小魚吃蝦米，蝦米吃滓泥！這就是今天的實情！眞眞實實的實情！有沒有不同意的？不同意的請站出來，把你寶貴的高見告訴我們！」

一片寂靜！除了幾條心腸軟的魚在暗暗拭淚外，沒有一條魚動一動。

「你們看，沒有魚反對我的意見！沒有魚有不同的看法！那正是因爲我看到了眞理，不但看到了眞理，而且敢於把眞理傳達給諸位。眞理就是眞理，沒有人可以把眞理來偷天換日！親愛的兄弟姐妹們！我們總不能眼睜睜看我們的國家、我們的社會走向滅亡之途！我們也不能看我們的魚民大衆在如此悲慘的境遇中而不加以援手！我們都是愛國的、愛羣衆的，我們應該行動起來！」

石窟中立刻充滿了衆魚們「我們應該行動起來」的回聲。

「請各位安靜，」金色的紅魚高舉起前鰭制止喧嘩，於是又繼續道：「我們怎麼辦呢？我們衷心地請教蛤蟆同志們，他們都是留過學的，見多識廣，從外面的世界給我們帶來了最前衛的思想和辦法。蛤蟆同志，請發言！」

「革命！」一隻蛤蟆鼓著兩眼大叫道。

「革命！革命！」石窟裏又充滿了羣衆的回聲。

「是的，我們要革命！只有革命才可以挽救我們的國家，挽救我們的民族！挽救我們的文明！」金色的紅魚在衆魚的喧嘩中大聲地喊：「兄弟姐妹們！請安靜！現在我們請我們的愛國大詩魚給我們朗誦一首革命愛國詩！」

在雷一般的鰭聲中，從羣衆裏游出一條架著眼鏡的肥鱒魚來。一游上剛才金色的紅魚所佔據的岩石，就打左鰓裏掏出一葉水草，托一托眼鏡，大聲地朗誦起來：

我們，被奴役的魚們
　起來！
我們，被踐踏的魚們
　起來！
砸碎我們的鰭銬！掙斷
　我們的鰭鐐！
我們要從萬年的迷夢中睜開我們的眼睛
　看！
革命的洪水已經沖到了北海！
　聽！
革命的鑼鼓已經震撼了鯉魚王國的平靜！
我們要打倒貴族的統治！
我們要打倒皇權的霸道！

戰鬥

戰鬥

打倒這一個魚吃魚的社會！

建立一個沒有貴族、沒有皇權的自由平等的魚國！

在我們的新魚國裏

沒有大魚吃小魚

沒有小魚吃蝦米

讓我們大家一同去吃滓泥！

爲了這個遠大的理想前進！前進！奮勇前進！

詩魚正在激動地大叫著，一條黑色的紅魚游過去在詩魚的耳邊說了句甚麼，詩魚點一點頭退下台去。於是黑色的紅魚宣布道：

「兄弟姐妹們！抱歉打斷了諸位的雅興！只因爲有一件極重要的事情發生了，必須立刻報告給大家知道！」一面說著，黑色的紅魚把鰭伸給了一條虹色的帶魚，把她引上台來，一面介紹說：「諸位一定都認識我們偉大的舞蹈家彩虹同志！她剛從皇宮裏表演出來，有極其重要的情報向大家報告！請！」黑色的紅魚說著就把位子讓給了舞娘帶魚。

「親愛的兄弟姐妹們！」虹色的帶魚優雅地擺動著她的尾巴說：「我剛從皇宮裏出來。我想諸位一定聽說了今天女皇陛下召集了一次重要的御前會議。在這次會議上，我們的貴族們做出了一次意外驚人的決定。我已經把事情的經過報告了×同志，他要我親自再向各位報告一遍，看看我們應該要採取何種對策。我要報告給各位的是：在會議中，部長們的意見很不一致，爭吵得相當厲害，這原是腐朽階級的經常現象，不足爲奇！意外的是女皇陛下未經仔細思考，驟然要派情報人員到外界去探聽虛實。」

於是衆魚中一片「情報人員」、「外界」、「不可能」等的耳語聲。

「請安靜！聽我說嘛！事情還不止此呢！女皇不但要派遣皇家情報人員，也要派遣我們羣衆裏的情報人員出去！」

「誰？」「誰？」「誰？」一片激動的詢問聲。

「一定是蛤蟆！」有魚大聲叫道。

衆魚都扭頭去搜尋在場的蛤蟆。

「不錯！正是蛤蟆！」虹色的帶魚說：「你們都知道皇家的情報人員烏龜們，都是些保守派，懶鬼！他們一離開水，就只會在太陽下睡大覺，回來以後只能胡言亂語。蛤蟆就不同了！蛤蟆不但跑得快，跳得遠，而且永遠睜大兩眼，對外界的觀察巨細靡遺。但是頂重要的是他們像我們一樣，是被壓迫階級，所以他們一定會把外界的眞情實況帶回來，他們也一定會說老實話！」

這時候金色的紅魚又游到高處大聲說道：「親愛的兄弟姐妹們！對我們有利的時機到了。既然女皇陛下要派遣蛤蟆出去，等他們回來的時候，她一定也得聽他們的報告。我們可以想像，蛤蟆同志的報告保準與烏龜的不同，我們就可以利用這個矛盾，請求皇家龍廷召開一個公衆辯論會！」

「好極了！」

「天才的主意！」羣衆們這麼叫喊著。

「我想，」×同志繼續道：「我們全國首席的舞蹈家彩虹同志對總理有相當的影響力。同時這裏有兩位親愛的老弟，」他轉臉望著那兩條年輕的鯉魚道：「也可以從旁勸告勸告他們的令尊大人——內政部長。我本人嘛，我有辦法鼓動我們的羣衆部長。但更重要的是：我們在座的諸位，每條魚都得在羣衆中擴大宣傳，盡力發動起一次羣衆運動，由羣衆的力量促成這一次龍廷的公衆大辯論。那以後……」

「就是革命！就是勝利！就是幸福的生活啦！」羣衆們興奮地喊叫著，岩穴中立刻充滿了熱烈沸騰的水波。

這次大會一直開到午夜才罷。

在岩洞的出口，內政部長的兩位公子不意地與另外兩條小鯉魚同時游了出來。他們彼此對望了一眼，突然都由對方的形貌意識到自己的身世，不由得臉都紅到鰓旁去了。

五、龍廷大辯論

自從皇家派出的情報人員歸來以後，民間就傳開了要在龍廷舉行大辯論會的消息。無數的民間團體已經多次請願，都表示對這次大辯論會的支持。各地更是議論紛紛，從水渾泥爛的貧民區，到水藻搖曳的高雅住宅區，到處都可以看到魚衆在興奮激動地討論著這一件大事。

在一個晴朗的早晨，鯉魚王國的國民們終於聽到了皇宮召集重大會議的螺號聲。由於愛國社的積極宣傳，王國的國民大概都知道這是一種甚麼性質的會議。所以一聽到這樣的訊號，各種各樣的魚鱉蝦蟹都鼓足了力量，朝北海中心皇宮所在地的深水域游去。

幾乎王國中所有執有兩螯的蟹類都被皇家動員起來擔任皇宮護衛的工作。首先讓貴族的鯉魚進宮，然後，也容許進去了一大批資產階級。至於一般羣衆，因爲數目太多，又不夠體面，所以只選了幾個不太過瘠瘦的代表參加，其餘的都給擋在宮門外了。

在爲夜明珠照耀得通明晶亮的巨大龍廷裏，部長和貴族們都已就位。資產階級和羣衆的代表則分站在外圍。在女皇的龍座前左右兩旁臨時增添了兩排彼此面對的座位，一邊坐的是烏龜，另一邊坐的是蛤蟆。一切都準備就緒，只候女皇的駕臨了。

又一聲穿破水波的螺號，龍廷的裏門洞開，女皇在衆魚監的護衛下慢慢地游進了龍廷。所有的部長、貴族、資產階級、平民代表以及情報人員，無不立刻伏身在地。直到女皇陛下就了龍位，用她的權杖在龍座上連敲了三下，衆魚才齊喊「女皇萬歲」，立起身來。

「好啦！」女皇略帶厭煩的聲調說：「就開始吧！」

部長、貴族和情報人員等才各就各位。

只有總理仍然立在那裏，先向女皇致了敬，然後才轉向羣衆道：

「本席受命女皇陛下主持今天歷史性的大辯論會。由於陛下的聖明，這次的大辯論會不但有貴族參加，也破例地准許資產階級和羣衆代表進宮。這是在我們王國中史無前例的一件大事，象徵了在女皇陛下的英明統治下，展開了一次民主的新頁。在座諸位想必早已知道，爲了澄清近來擾亂了我國和平生活的鑼鼓之聲的眞相，女皇陛下派遣出了兩隊情報人員，以便獲取到更爲全面而詳盡的報告。不幸的是這兩隊人員的見聞，如不說是互相矛盾的話，至少是差別很大；而且雙方都各執一詞，互不退讓，這就是爲甚麼我們今天要召集這次公開的大辯論會，以便求取合理的公斷。現在本席卽請皇家情報大使龜公首先發言！」

在熱烈的鼓鰭聲中，烏龜隊中站出了個子最大的一員，先向女皇行了個撲地禮，又向總理鞠了個大躬，然後才轉向衆魚聲洪氣粗地發言道：

「陛下的奴才小龜接受英明的女皇之命，到蠻邦野國去進行了一次巡查，爲的是查明前些時有一天震動了我國安詳和樂的鑼鼓聲的來源。現在對這件事的眞相已經調查明白：那天萬鑼齊響、萬鼓齊鳴的眞正原因，是外界的人類和蠻邦野國中元首突然暴斃。據說是許多年以前在此蠻邦中發生過一次革命，革命的結果是產生一個史無前例的暴君，致使國不成國，民不聊生。所以這個暴君的突然暴斃使衆百姓欣喜若狂，才發生了萬鑼齊響、萬鼓齊鳴的歡慶會。據小龜等調查所知，現在人類的蠻邦中，衆百姓無不要求恢復革命以前的君主制度。我們應該知道，在這個世界上，只有君主制度才是最完美的制度。就像我們一樣，上起鯉魚的貴族，下至魚鱉蝦蟹的平民，在英明的睿智的偉大的崇高的女皇陛下領導之下，上下有序，各安其位，過著幸福快樂的生活。這就是今日小龜代表皇家情報使節要講的話。」

鰭聲從部長席、鯉魚貴族和多半的資產階級中響了起來。

總理又起身道：「現在輪到蛤蟆情報組長發言！」

在衆蛤蟆中最大的一隻站出隊來，也像龜公一樣先向女皇行了撲地禮，又向總理鞠了個大躬，最後才轉向聽衆席道：

「親愛的同胞兄弟姐妹們！」蛤蟆突暴著雙目，好像裝了一肚皮怨氣一洩爲快地道：「卑屈的蛤蟆等，承女皇陛下不棄，派往外界收集情報，目的亦如龜公所述。我們盡了最大的力量，但是不幸的是我們收集到的情報內容與皇家情報使節收集到的完全不同。據最可靠的消息，那天萬鑼齊響、萬鼓齊鳴的眞正原因是外界人類歡慶他們元首的八十大壽。據說這個元首非常受到百姓的愛戴，衆百姓稱他作偉大的導師和舵手，所以在他生辰的那一天衆百姓無不敲鑼打鼓祝他老人家萬壽無疆。另一方面，自從外界人類革了一次命之後，人們的生活都很幸福安樂，人人都有工作，人人都有飯吃！」

蛤蟆說到這裏，站在外圍的羣衆代表和有些資產階級以及幾個年輕的鯉魚貴族突然鼓起鰭來。看了這種反應，龜公突然地又站了起來喊道：「小龜倒想請教，你說自從人類革命以後都過著幸福的生活，你有甚麼證據說出這種話來？」

「證據嘛，」蛤蟆立刻辯道：「有的是。第一，在大街上我沒看到一個乞丐，也沒看見一個流氓，這就說明人人都有工作。第二，人們都穿著一樣的服色，這足以說明了不平等的階級制度已經消滅。」

一片噓聲從貴族席中發了出來，蓋過了蛤蟆的聲音。

「肅靜！肅靜！」總理喊道。「讓他說完嘛！」

宮殿中稍稍靜了下來。

「第三，」蛤蟆繼續道：「到處有公營的商店，免費供給人民的生活需要，所以人人都不再為衣食發愁！」

「完全是一派胡言！」龜公又站起來，伸長了脖子大聲叫道：「我懷疑蛤蟆們跳得太快了，以至於跳過了事實！所以他們只看到表面的現象，沒看清楚藏在表面中的真實。大街上沒有叫化子和流氓，那是因為這些人不是進了集中營，就是給下放了去勞改。人們雖然穿著一色一式的衣服，可是質料完全不同。有的穿毛呢，有的穿嗶嘰，有的穿粗布，還有的衣不蔽體呢！這足以說明階級並沒有消滅。也許不像我們稱作高貴的貴族和下賤的平民，但是他們的上層階級一樣高貴，他們的下層階級一樣下賤！要說沒有了階級，那完全是胡扯！連他們自己一天到晚仍在大喊

『階級鬥爭』，能說沒有階級了嗎？至於談到對人民的供給，公營商店不但不是免費的，而且不准討價還價，也不准挑挑揀揀，店裏的服務員一天到晚拉著長臉，對顧客呼三喝四，毫無禮貌。這還不說，最糟的是貨物缺乏，人民從早起排隊，不到中午貨物已經全光，晚到的就無貨可買。所以大多數人民常常餓著肚子。最好的證據就是我們有幾位同事差一點給飢民捉去做了紅燒甲魚！」

此言一出，惹來了一陣鬨堂大笑，連女皇也差一點笑岔了氣。一個魚監忙不迭地為她搥她的御背。

等這一陣笑聲過去，那個大蛤蟆才又開口道：「我不能說龜公所說的沒有一句眞話，但由於龜使者們慣常拖著的慢方步，我懷疑他們有一個整體的了解。在這個世界上，無論甚麼事情都不過是相對的，對不對？要是我們拿今日這些人的生活跟革命以前相比，那是天上地下。根據可靠的資料，這些人從前背上都馱著三座大山。哪三座大山呢？據說一座叫作封建主義，一座叫作帝國主義，還有一座好像是叫作買辦資產階級。您請看，在那個時候，一般人民簡直被這三座山壓得動也動不得。現在呢，雖然有集中營，可是關的都是些反革命；雖然有勞改，可是改造的都是些黑五類，也就是不屬於人民的分子。雖然穿的衣服質料不同，那是因爲對革命的貢獻有異。雖然公營商店的貨物不多，可是大家都多少分到一丁點兒，沒有天災人禍的時候就不會餓死人了！所以說人民都很快樂幸福地生活著。快樂的是再沒有人可以把別人叫作下賤的平民！快樂的是再沒有人可以任意戳破別人的肚腸，撕裂別人的身體，快樂的是沒有一個貴族階級可以毫不慚愧地吞食別人的子女……」

「夠了！夠了！」女皇突然嘶聲地叫道：「這是辯論會，可不是誣衊會！」眾貴族也齊聲叫道：「叫他閉嘴！不准他再胡說亂道！」

正在這當兒，宮外忽然傳來一陣隱隱約約的騷亂聲，並且夾雜著敲擊石塊的聲音。

一個負責警衛的巨蟹喘咻咻地爬到內政部長面前低聲說了幾句，內政部長立刻慌亂地匍伏在地向女皇報告道：

「陛下的奴才大膽呈報陛下，宮外的羣眾要求進宮來！」

「進宮來？你說甚麼？進宮來？」女皇威嚴地喊道：「難道你沒有下令阻止嗎？」

「是！是！」內政部長囁嚅地道：「令是早就下了的，但是羣衆要強進來！這是些羣衆！也就是說有很多很多的魚聚在一起。」

「你的警衛部隊呢？」

「所有的警衛人員都出動了，但是羣衆太多了，警衛也維持不了秩序。現在據說有三分之一的警衛人員都已經被羣衆繳了械，也就是說丟掉了他們的螯了！」

「軍隊呢？」女皇立刻轉臉向國防部長說。

「軍隊？」國防部長一臉悲悽地答道：「陛下難道忘了嗎？因爲多年未跟外國打仗，最後的幾個蝦兵蟹將幾年前已經送進御廚去了。」

「你是說？」女皇忿然地搖著她的權杖。

「奴才是說陛下和皇族已經把三軍都吃光了呀！現在就只剩下我這個光桿兒部長啦！陛下最最謙卑的奴才萬死！」

這時已經可以淸楚地聽到宮外的呼叫聲、湧動的水波聲，總之騷亂之聲愈來愈近了。

「你們這羣只會吃飯的奴才！」女皇又轉臉對內政部長道：「你的警衛部隊都

是廢物？」

「平常不都是！」內政部長諾諾然地說：「甚至可說是相當勇敢的，不然他們肚子裏怎麼會塡滿了羣衆的血肉？」

「你給我休胡說亂道！」女皇怒道：「快想辦法阻止這羣亂黨進宮！」聽到宮外越來越迫近的騷亂聲，女皇的臉色也變了。

「奴才大膽！」內政部長倒是面不改色地說：「陛下也該知道各有職守。既然是有關羣衆的問題，現有羣衆部長在！」

「當然！當然！他也逃不了應負的責任！」女皇忿忿然地轉向羣衆部長。這一個早已嚇得抖作一團，趕緊趴下地去結結巴巴地喊道：

「陛下開恩！陛下饒命！」

騷亂之聲愈來愈甚。在紛亂的羣衆鼎沸中，隱約地傳來幾聲刺耳的「革命！革命！」

女皇慌忙地環顧左右問道：「他們在喊些甚麼呀？」

「革命呢！」羣衆部長低微地說。

「革命？」女皇氣得一下子就從龍位上跳了起來，用她的權杖點著部長們罵道：「你們！你們！太過分了！太過分了！革命都革到宮門口啦，你們還在這裏無事人似的！滾！都給我滾！你們讓革命發生在寡人的眼皮子底下？嗯？」

「可是……」兩位部長都喃喃不清地答道。

「還有甚麼可是的！快給我滾出去想辦法，蠢貨！」

「現在！叫我們在這種危急中出去？」

「養兵千日，用在一時。要不是危急之時，要你們何用？笨蛋！」

兩位部長不情不願地爬起身來向宮門游去。

不到五分鐘，羣衆部長獨自一個氣喘咻咻地奔了回來。

「大……大事不……不……不好了！」羣衆部長結結巴巴地報道：「內政部長叫叛魚逮去了！多半的警衛都……都繳了械，正是紅魚們利用大……大辯論的機會，聚集了成……成千上萬的魚鱉蝦蟹向皇宮衝來！」

「不正是也有一個你，勸告我召集這次大辯論的嗎？」女皇厲聲道。

「總……總理大人，內政部長都主張要……要開這個辯論會！」羣衆部長委屈地辯說。

「你說甚麼？他們都是皇家血統的！你呢？你算老幾呀？竟敢如此頂撞寡人！」

女皇微一頷首示意，立刻有兩隻擔任宮內護衛的黃色特大號巨蟹過來一邊一個鉗住了老鯰魚。

「送出宮外！丟給叛魚！獎勵他在羣衆部長任內如此的盡職！」女皇冷然下令說。

「開恩！開恩！陛下開恩！」老鯰魚在兩隻巨蟹的鉗執下悲慘地叫著，然而早已爲巨蟹推出宮門去了。

在宮門一開一合之間，情況更顯得緊急了。羣魚的聲音轟然猶如雷鳴，呼叫革命之聲此起彼落，就如暴風雨中的巨浪一陣陣地沖擊著岩石一般可怖。

本來尚保持安靜的宮內的羣衆也開始騷動起來。當此時女皇陛下立刻在魚監和皇家護衛的拱衛中由一個便門離殿而去。緊接著總理大人和其他皇家近親也尾隨走了。在其他貴族們也想追隨的時候，卻爲把守門路的衛士擋住了去路。

六、革命

沒有人會預料到平時這等羸弱怯懦的羣衆，竟如此輕易地贏得了革命的勝利。女皇、總理大人和幾個皇家近親神秘失踪。據說由地下密道逃進黃河去了。其他幾位貴族高官服毒自裁，未爲叛魚所執。但是也有些成了革命羣衆的俘虜。不久，在北海不同的水域中就組成了臨時的公審法庭來公開審判貴族和資產階級，現在稱爲反動派或反革命了。

北海中央的魚民公審法庭專爲處置皇族和高官而設。有一天輪到審判鯉魚王國的前任部長，會場中聚集了比以前更多的魚民。其實只有兩位部長落入叛魚之手，一是內政部長，一是羣衆部長。

羣衆部長首先給拉上了臨時用碎石塊搭建成的公審台上，四周擠滿了羣衆們，現在稱作無產階級。羣衆部長在審判台上低著頭，魚鰭魚尾也都無力地下垂著。於是羣衆中有人喊道：

「魚民的叛徒！」

「羣衆的罪犯！」

「劊子手！劊子手！」衆魚都急暴著魚眼大叫起來。

等羣衆叫累了的時候，有一尾紅色（現在不用僞裝了）拿著擴聲器登上台去，大聲朝羣衆問道：「這條魚民的罪魚已經承認了他血腥的罪狀，眞是罪該萬死不贖！現在取決公議，判他何罪？」

「死罪！」一條魚大叫道。

「不行！太便宜了他！」一條草蝦叫道：「我們應該把他碎屍萬斷！」

「我有私人血債要算！讓我親手來結果他的性命！」一條泥鰍嘶喊著跳上台去。說時遲那時快一把就捋掉了老鯰魚的一大把魚鬚。老鯰魚大呼一聲，沒讓他有喘息的機會衆魚鱉蝦蟹早已蜂擁而上。另一個已經撕下了一片魚鰭，血隨水流，老鯰魚在一聲慘叫中昏迷了過去。

「裝死！裝死！」衆魚們一面叫著一面繼續揭鱗的揭鱗、撕鰭的撕鰭，不一會老鯰魚的屍身已經四分五裂。因爲餓得太久了的緣故，有些魚蝦們開始吸吮隨水流過的魚血、呑食隨水漂來的碎肉。不到一盞熱茶的工夫，前任羣衆部長的屍身已經分塡入羣魚的飢腹中。

下一個輪到內政部長，他也同樣給拉上台去。但是鑒於適才羣魚的野蠻行動，這回組織者已格外加以防範。在宣判罪名以前，一條紅魚大聲宣稱道：

「親愛的兄弟姐妹們，我知道咱們大家對咱們的階級敵人無不懷抱著血海深仇，就是把他們碎屍萬斷，也難解心頭之恨。但是我們是一個文明的國家、文明的魚民，我們不容許採取殘酷的不魚道的手段。我們給他們公正的判決，然後用其他文明種族都採用的文明方式處決。也就是說不准任意喝罪魚的血、吃罪魚的肉。如有不遵守魚民法庭的規則者，必定也要遭受同樣的魚民審判！」

此話一出，羣衆果然噤不出聲，只用深懷敵意的眼光注視著台上。於是負責組織的紅魚又大聲喊道：「這一個劊子手所犯的滔天大罪並不下於剛才那一個，兄弟姐妹們，我們要判他個甚麼刑罰？」

台下一片肅靜，竟沒有一條魚敢於出聲了。紅魚漲紫了臉色，跳起來罵道：

「死魚！這他媽的要你們羣衆來決定啊！我們終於到了民主的時代，沒有女皇，沒有貴族！總之，統治階級已經不存在了，你們羣衆就是我們國家的主人！媽的！連這個也不懂嗎？」

他停了口，等待羣衆的反應。在仍然一片靜默中，紅魚可氣炸了煙，忍不住嘶聲叫道：「說話呀，死魚！你們這種魚眞活該叫統治階級踩在腳底下！活該一輩子拖拉在滓泥裏！」

「判他死刑！」羣衆中突然冒出這麼一聲來。

紅魚立刻接口道：「現在魚民們一致要求判處這個萬惡不赦的階級敵人死刑！有反對的沒有？沒有嗎？再給你們一次機會！還是沒有嗎？第三次機會！沒有嗎？好了！定刑啦！」

一隻巨蟹，大概是以前擔任皇家警衛工作的，現在換上了民兵的制服，威風凜凜地爬上台去。舉起巨螯，奮力一戳，早已洞穿了內政部長的肚腸。血在水中四散溢開。

「嗚啦！嗚啦！」聞著血腥的羣衆們不停地嘖著口舌，立刻亢奮起來。

「還有他的兒子！」羣衆中有魚這麼喊。

「他的兒子！」

「他的兒子！」

一片附和之聲。

另一隻巨蟹押來了兩條年輕的小鯉魚。

「你們要做甚麼？」老大沉著臉不悅地問道。

負責組織的紅魚答道：「現在你們要接受魚民的裁判！坦白從寬，頑拒從嚴！」

「我們？給魚民來裁判？你大概弄錯了對象吧？我們也在革命的行列裏！」

「他說他們也在革命的行列裏哩！」紅魚向羣衆做了個鬼臉，嘲道：「你就說！居然身爲貴族的鯉魚也參加到革命的行列中來啦！」

羣衆立刻暴起了一片鬨笑聲。

「我們可並非扯謊！」老二不服地辯道：「在革命以前，我們常常秘密參加愛國社的集會，我們還跟×同志握過鰭。正是我們苦口婆心地勸告我們的父親——就是剛剛被你們處死的那個魚民的罪魚——舉行公衆大辯論會，因而才取得了革命的勝利！」

但是不等他把話說完，毫無耐心的羣衆已經大叫起來：

「住口！反動派！」

「低下頭去！臭鯉魚！」

「你也敢白眼黑珠地瞧著我們嗎？臭貴族！」

「統治階級沒有權利在魚民法庭中發言！」

「沒有一條鯉魚是乾淨的！我們都把他們處死！」

「全部殺光！全部殺光！」

在氣勢洶洶的羣衆之前，兩條年輕的鯉魚再也張不開口來，甚至逐漸地自然垂下頭去。但是突然間，老二在台下的羣衆中瞥見了一條紅魚，正是當日僞裝成黑色引介他們參加秘密會議的那位，不免立時興奮地大叫道：「同志！同志！快來救我們哪！我們正需要您的見證！快來呀！快來呀！我求你！要是你還有一分正直、一分慈悲，我們求你！求你啦！……」

然而那條紅魚早已在羣衆中不聲不響地失去了踪跡。

失望沮喪之餘，兩條鯉魚在越來越激越的羣情下更加低垂下頭去。他們只覺得眼前一片昏花，耳中一片雷鳴，不久他們就見兩隻巨蟹爬向前來。他們只好黯然無助地閉上了眼睛。只覺腹部一種裂膚撕肌的劇痛，但轉瞬間一切都沉入黑暗中，沒有了痛苦，沒有了羣魚的叫聲，也沒有甚麼寃屈與不平，對他們一切都毫無意義了，因爲一切都不存在了！

一連幾日在鯉魚王國中到處都是魚民法庭，到處都是判決與處刑，以致北海的水都改變了顏色。在那些日子裏，北海公園的遊客都曾聞到過一種奇怪的腥臭之氣。

無產階級的魚民們肚子裏塡滿了同胞的血肉，幾日來如癡如醉地發起狂來，到處漫游，到處大呼小叫，惹是生非，也有不少在私鬥中彼此呑食了的。正當這種紛亂雜沓的時候，一個新的中央政府組織起來，×同志自然而然地被選做了最高領導，公開地宣布了鯉魚共和國的誕生。第一件事就是建立警衛部隊，維持社會秩序。當日服務皇家尚未繳械的螃蟹們，一個個都官復原職，仍然擔任消滅反對派、保護政府要員的工作。過了不久，又成立了魚民公社，把北海的水域劃成不同的區分，以便更易於統治與管理。爲了補救幾千萬年以來鯉魚王國因保守主義作祟而造成的文化性的停滯不前，在×同志的英明領導下（此爲鯉魚共和國的官方詞彙），展開了一次全國性的大躍進運動。據說這些都是接受了外來的影響，模仿了本來野蠻而現今超過了鯉魚文明的猴子一類的動物的行爲。這一切外來的影響，多半是依靠了蛤蟆們的細心的查訪和忠實的報告。按功行賞，所有的蛤蟆們都爲新政權禮聘爲國家研究院的院士，都戴上方帽子了。只有一點是令蛤蟆們不十分滿意的，就是現今當權的紅魚比鯉魚們更加嗜食蝌蚪，蛤蟆的子孫仍免不了給送進新貴的廚房的命運。

從此以後具有億萬年文明的鯉魚王國，改稱爲鯉魚共和國。但是既然大多數鯉魚都已被處死，爲甚麼還以鯉魚爲名？實在令人費解！除非是鯉魚王國的國民也有「正統」這種觀念，雖說現今紅魚掌權，卻仍不敢大改鯉魚文化的傳統。

七、新生活

在這個故事開始時，我們見過的那兩條出身破落戶的小鯉魚，因爲自身的貧窮和貴族血統本來稀薄，僥倖逃過了公審的大難，現今給下放到一個邊區的公社裏從事體力勞動。他們給編在公社的第五勞動大隊，主要的工作是把湖底的滓泥挖掘起來搬運到北海岸邊去。這是一項非常艱苦的工作，因爲需要一口一口地搬運那又髒又臭沉澱了幾千萬年的爛泥。只因革命以後提倡吃苦耐勞的精神，所以越髒越苦的工作越應該是高尚神聖的。現在的口號是「安逸足以亡身！勞苦才可建國！」至於把湖底的滓泥挖起搬運到岸邊作用何在，並不關緊要，重要的是發明了這種勞動方法，足以叫羣魚吃盡苦頭，如此一來在心理上便覺得魚生大有意義、大有可爲了。

因爲搬運滓泥的關係，原來澄清的湖水弄得渾濁不堪。衆魚的嘴裏鰓裏經常地夾帶著腥臭難聞的穢物，幸而有一個理想在前面引誘著他們。每天傍晚，在一天的勞動之餘，都有一位政治訓導員到勞動大隊來爲衆魚們講鯉魚共和國光燦的前景。據說只要把湖底的滓泥挖光，魚國的社會就不會再有大魚吃小魚、小魚吃蝦米、蝦米吃滓泥的現象。而且那時候湖水將澄清如天空一般，魚們都可以過著快樂的生活了。政治訓導員講解完了美好的前景以後，衆魚就齊聲合唱革命歌曲。每天中央政府都派魚下來分配一些水藻之類的食品。當然這是極有限的，衆魚只好仍然偷偷地吃些滓泥存活。對於這件事，只要不公開討論，政府也就睜一隻眼閉一隻眼，不加干涉。

有一天爲了掏挖夾在岩石縫裏的滓泥，公社集中了幾個勞動大隊的人員共同工作。出乎兩條小鯉魚意料之外的是他們瞥見了那位具有愛國詩魚榮號的鱒魚，也夾雜在勞動者的隊伍裏。利用午間小休的機會，兩條小鯉魚就游到鱒魚的身旁去表示他們的敬意。

鱒魚很吃驚地望了二魚一眼，喃喃地道：「你們認識我？」

「當然！」一條小鯉魚敬謹地答道：「您不就是我們的愛國大詩魚嗎？」

「革命以前，」另一條小鯉魚接道：「在一次秘密集會裏，我們聽過您的詩歌朗誦，當時我們都感動得不得了！」

「噢，原來如此！」老詩魚嘆了口氣說：「這已經是歷史陳跡！」

「為甚麼？難道您不再寫詩了嗎？」

「一言難盡哪！」詩魚機警地向監工的紅魚瞥了一眼，見監工正在遠處打盹兒，才壓低了聲音道：「詩本是貴族和資產階級的玩藝兒，今日我們不需要了！」

「為甚麼不需要了？」

「因為我們已經生活在一種理想的社會中，已經不需要再抱怨甚麼！」

「噢？」一條小鯉魚半解半不解地道：「所以昨兒個我們的政治訓導員給我朗

誦了一首詩，是歌誦我們的新生活的！」

「不錯，這還是有的！這還是有的！」鱒魚說：「不過這些個都不算是詩啦！」

「不算是詩，爲甚麼還叫它作詩呢？」

「現今的魚們願意怎麼說就怎麼說，是不是？有的魚可以一面嚼著蝦米的身體，一面攻擊魚吃蝦的社會，你又有甚麼辦法？」

「所以您不再寫詩了？」

「對呀！我不是變成了一個簡單的勞動者了嗎？我不是站在你們中間一起工作了嗎？」

「你好像挺難過的樣子，至少有些憂鬱吧？」

「你們這麼覺得嗎？」老鱒魚勉強笑了笑說：「也許憂鬱正是我天生的氣質，跟我的處境並沒有直接的關係。好啦！我很坦白地告訴你們，我現在比過去快樂得多！」

「眞的嗎？」兩條小鯉魚都不敢相信地問道。

「當然是眞的！」老鱒魚在他的眼鏡後面閃爍著一雙狡黠的眼光：「我不會對你們年輕魚扯謊啦！你看，現在我們左右沒有別的魚，我並不怕人家打我的小報告，我實在覺得現在比過去快活充實得多。革命以前，雖說我寫下了不少詩篇，可是我總覺得自己是無用的，對解除我們同胞的痛苦我是絲毫無能爲力。告訴你們，我幾乎因此而自殺！現在呢，我跟衆魚站在一起，別的魚做甚麼，我也做甚麼；別的魚吃的苦頭，我也都嚐到了，我終於找到了我的位子。我不再想對社會、對大家有甚麼用處，因爲我就是社會，我就是大家。我能不因此而高興嗎？你們說？」說罷老鱒魚哈哈大笑起來，笑得連眼淚都流出來了。

「您說的不錯！」過了半晌，一條小鯉魚才若有所悟地道：「經您這麼一說，我們也覺得比過去有用了。革命以前，雖然我們也常常參加各種革命的集會和運動，可是我們始終不明瞭魚民的眞正痛苦是甚麼，我們只不過懷著一種浪漫的同情心而已。現在就完全不同了，我們自己也成了勞苦大衆的一員，我們才眞正體驗到魚民的痛苦！」

「所以我們不得不感謝革命的成就。因爲革了命，我們才嚐到這種新生活，所以說生存就是痛苦，那是一點都不差的！如沒有這場革命，我們再不能眞正瞭解這一點！革命萬歲！萬萬歲！」老詩魚淚流滿面地高呼了起來，鰓鰭齊張地像一個老瘋子一般。

老鱒魚的喊聲引來了其他的勞動者，很快地就集合了一大羣魚起來。於是大家齊聲唱出那首久已無魚再唱的老歌：

我們，被奴役的魚們
　起來！
我們，被踐踏的魚們
　起來！
砸碎我們的鰭銬！掙斷
　我們的鰭鐐！
我們要從萬年的迷夢中睜開我們的眼睛
　看！

革命的洪水已經沖到了北海！

　聽！

革命的鑼鼓已經震撼了鯉魚共和國的平靜！

我們要打倒當權派的統治！

我們要打倒專制者的霸道！

　戰鬥

戰鬥

打倒這一個魚吃魚的社會！

建立一個沒有當權派、沒有專制者的自由平等的魚國！

　在我們的新魚國裏

沒有大魚吃小魚

沒有小魚吃蝦米

讓我們大家一同去吃滓泥！

爲了這個遠大的理想前進！前進！奮勇前進！

衆魚正鰭挽鰭地唱著，忽見北海的水逐漸澄澈起來，他們遂從水中慢慢地升起，終於游進了澄清的天空去。

八、尾聲

在前奏中我們已經提到幾乎所有聞名的歷史學家都同意鯉魚文明的式微期乃發生在二十世紀的後半期，但對鯉魚文明式微的原因經過多年的研究仍然存有很大的爭執和歧見。有一派主張鯉魚文明的式微主要的是由於革命以後紅魚對鯉魚的處決與壓制。沒有了鯉魚，或者說鯉魚的數目大爲減少，如何能來維繫鯉魚文明呢？

另一派則對此一說大不爲然。這一派認爲紅魚本身就是鯉魚的一種變種。你不見自從紅魚替代了鯉魚的地位以後，紅魚越長越肥大，在短短的一兩百年間，有些已經長到十幾二十公斤一條了。而且越長越像原來的鯉魚，連顏色都沒有以前那麼紅了。不但在形體和顏色上近似原來的鯉魚，過去鯉魚們的風俗習慣也繼承了下來。過去的鯉魚們愛嚼水蔴，以後的紅魚們也愛嚼水蔴，過去的鯉魚們愛看帶魚的舞蹈，以後的紅魚們也愛看帶魚的舞蹈。（彩虹同志據說是革命後成了新政府領袖的夫人。）甚至於連社會的組織、居住的區分等等跟過去都沒有很大區別。新政府的首要盤據了原來的皇宮自不用說，其他的紅魚們多半都住在北海中央的深水區，泥鰍仍然在滓泥中進進出出。所以說鯉魚文明的式微，一定另有根由。

最近有一位文化史學家提出了「繭式文化」的理論。他認爲所有種族的文化無不是繭式的，也就是說文化的本身對種族發揮了繭的作用，既保護了種族的生存，也同時限制了種族的發展。只有少數能夠突破一己的文化之繭破繭而出的種族，才有前途可言。這位文化史學家把他這種獨創的理論來解釋鯉魚文明的式微。他認爲鯉魚王國雖經過一次表面的革命，摧毀的只是生物性的機能，而不是文化性的突破，到頭來仍爲自己織成的文化之繭所縛，所以難免走上式微的道路了。

是邪？非邪？猶待今後人類物種史學家的共同努力來提供更進一步的答案了。

現今鯉魚不過是爲人類佐膳的魚類之一。有些人還不願吃鯉魚，嫌牠有泥腥味兒。過去鯉魚的文明可能是科學院派的人誇大了。這些人吃飽了以後，如不造些謠言出來，誰又注意到他們的存在呢？因此不管多麼不值一談的小事兒，到了學院派的手裏，都可以寫得出洋洋灑灑的動輒千萬言的宏論出來。其實在我們這個世界上，過去不知有多少個鯉魚式的文明不聲不響地失去了踪跡，這原是物種進化競存的自然現象，不足爲奇。說到底，讓這些野蠻的、無理性的、不知自愛的種族毀滅了也未始不是一件好事，以便把有限的空間讓出來，使比較文明而自愛的種族活得更好一些。

時報版後記

馬森

金恆煒和張文翊兄嫂由美返台接高信疆兄主編中國時報〈人間〉副刊，途經倫敦，是我們通信多年後第一次見面。雖係初晤，但由於近年來時有書信往還，所以相見之後竟如睽違多年的老友一般歡愉。在他們停留的短短兩天中，我們談了許多問題，由世界國家大事談到親友的近況，由西方近代的思潮談到我國文學藝術的發展，當然也談了些戲劇與電影的現狀以及恆煒兄主編〈人間〉後的方針和大計。恆煒既有任務在身，又因在信疆兄主編〈人間〉時我時常為〈人間〉撰稿，也曾短時期寫過「專欄」；因此便邀我再寫一個「專欄」。我恰巧有回國任客座教授之便，便欣然應允。恆煒同時又問我有沒有現成的可以連載的小說。我手下雖有一部分未完成的底稿，但在未全部寫成以前自然不便匆忙發表，於是便拿了幾篇早年所寫的

《北京的故事》給恆煒和文翊過目。他們兩人看過後，都鼓勵我發表全文。我自己也覺得到了發表的時候；便在恆煒和文翊返台後，把其他各篇改寫整理出來，陸續寄到〈人間〉刊出。

從去年的三月四日到今年的元月十八日，全文十四篇全部刊完。主持時報出版公司的信疆嫂（柯元馨女士），欣然提議由時報出版公司出版。原在中國時報發表，又由中國時報的關係企業出版，自然也是順理成章的事。並由我一向欽佩的李歐梵兄寫了一篇深刻而犀利的序文。他的過獎之處，實在使我不敢承擔，但他所指出的缺陷卻都很中肯綮，使我在以後的寫作上有更明晰的借鑑，這是我特別感激的。

歐梵兄在序文中並且提到了我們過去的一段淵源。在我們尚未謀面的情形下，竟合出了一本書。原來我在一九六五年前後發表在《歐洲雜誌》的一系列「法國社會素描」中的一部分，在一九六八年左右爲台北的《大學雜誌》所轉載。當時我身在國外，並不知情。後來編者把歐梵兄的大作和我的幾篇素描編在一起出書時，也沒有通知我們。該書的作者用的卻是我們兩人的筆名——「奧非歐」和「飛揚」。歐梵兄還算幸運的，事後接到了出版社奉送的十本書，我則連書是甚麼模樣也沒有見過。直到今年歐梵兄返台北時，才在他家的藏書中找出了一本，送我做爲紀念，我算是第一次看到了那本書的廬山面目。這一段經過，實在是我和歐梵兄有知遇之感的一種「偶生」的前緣。

在書末我附上了蘇小歡先生所寫的一篇對〈驅狐〉的批評。他所指出的優點可能過分溢美了；他所指出的短處卻很正確。我並且已經根據他的批評做了點小小的刪節。有些地方需要動大手術的，目前則無能爲力。讀者如果在書中沒有找到他所指出來的某些毛病，那只是因爲我改過了的緣故。

此書中的插圖，都是雷驤兄的大作，爲《北京的故事》生色不少。此外，周安托先生、張守雲女士都爲這本書的編輯，費了不少心力。封面則是鄧獻誌先生設計的。

我謹在此向以上所提到的促生這本書的各位故友和新知，致以無上的謝忱。

一九八四年三月十五日馬森謹誌於台北

編按：本書新版爲重新編排製作，插圖部分因年代已久不甚清晰，全部去掉，封面亦重新設計。

〈附錄〉

是眞性情乃成世界

——論《北京的故事・驅狐》

蘇小歡

本年五月十四、五日，人間版登出一篇小說〈驅狐〉。

〈驅狐〉的內容是這樣的：一開始敍述第一人稱的主人翁（即「我」）接待他的訪客「筱風」，筱風又向他說了個平劇演員的故事，這個平劇演員在中國大陸「解放」前，爲一隻狐狸所愛，終化人身來嫁他；「解放」後，中共大力破除迷信，推出樣板戲《驅狐》，卻將這隻眞情眞義的狐之原形逼死在舞台上。

一、人鬼的通道

這篇粗看頗爲荒謬的小說，有兩段重要情節，值得注意。一是《驅狐》一劇要上演前夕，胡蓮（心如「蓮」苦的「狐」？）終於說出了「她是狐狸」的秘密。另一是《驅狐》一劇的終場——該劇的大概是說一個資產階級的家庭中，婆婆嫉妒媳婦，將媳婦毒死，卻拉了一頭狐屍來僞證該媳婦乃狐所化。照劇本演，應該是毒藥的量不夠，媳婦醒轉，眞相大白，一切不過是代表資本主義的婆婆「愚昧人民」的惡計而已。但在小說裏眞實的結局是：演媳婦的胡蓮，竟現狐身死在台上！

胡蓮說出「她是狐狸」，整篇小說於是從現實世界的描寫，往上進入了神鬼世界；而胡蓮現狐身死在台上，又是自鬼狐的世界，往下回來，呈現在眞實的台下觀衆之前，這兩個轉變，都駭人聽聞，但作者處理得平穩貼妥，並未成爲作品中的敗筆，仍算難得，尤其，如他能在故事之前佈下「爲甚麼我們人一生就只有一種形態，可是有些動物，像青蛙、知了、蝴蝶，一生要變化好多次……」等對白，儘量卸下讀者想像上的排斥、戒備，足見高明。

其實，這種手法假如運用得當，如內容虛實比例，好好分配等，可以產生出非常大的力量。以電影爲例，如《大法師》中，生活細節拍得那麼眞實，但終點卻現鬼踪，才更令人膽寒；同樣地，《法櫃奇兵》中《十誡》氣化的場面比例太重，也就失其扣力，而成鬧劇了。另外，更有進者，如在一篇嚴肅的小說作品內，用眞實世界的描寫，去反現出非人的世界，是一個文學、哲學上非常值得深入討論的問題，如徐訏晚年發表在〈人間〉的幾篇短篇小說，就值得參考。

然而，〈驅狐〉的作者不此之圖，重點沒有放在人鬼交錯的方法、或討論人與非人間的問題上，他仍只是拿這種管道，用來當「反諷」的工具而已，因此我們除了表示他人狐之間的轉化情況尙佳，未見劣筆外，應該趕快進入本文最精采的一面：主題。

二、易位式反諷、進入全眞的主題

〈驅狐〉是《北京的故事》系列之八，這一系列文章的中心主題，只有〈驅狐〉最轉折，最深刻，最值得探討，讀者先讀到本篇懷疑人、狐關係，接著進入梨園子弟的故事時，配上題目「驅狐」，可能會想：作者一定要用「解放後，一些妖狐野狸、不是東西的，也在大陸社會現人身、說人話了」來諷刺紅色中國的怪現狀。但事實剛好相反，接下去的劇情，作者令人意外地，竟是肯定這隻狐狸的！他肯定了這種傳說（的動機）的美麗，這才是高明所在！

暫撇開神秘主義的範圍不談，在現象界、物理的經驗世界而言，狐狸能變人，大概連作者在內，是不太能相信的。〈驅〉文既說中共要破除這種迷信，則在小說裏的內在理路上，強要去唱反調，是很不容易的；但高人能在高險處展翅，作者用了一個「似非而是」(paradoxical)的手法，使人不能不因知而竊喜。我個人覺得這可以說是一種（易位式的高層次）「反諷」；〈驅狐〉的主題，本身就是反諷。

爲甚麼狐狸不可以因爲愛而變成人？爲甚麼孟姜女的眼淚不可以使堅固的長城倒塌？爲甚麼梁山伯祝英台死後不能化成一雙蝴蝶？爲甚麼竇娥頭落時，六月的天不能飛雪？

它們實際上都不曾「存在」，但它們卻都是眞的！眞，眞在我們的心裏面，眞在口耳相傳時我們與我們老爺爺的感情裏面，眞在我們的民族形上觀、民族命脈裏面！它們是這個民族的一部分，沒有它們，這個民族不會是這個面貌；是它們使我們還過舊曆年，是它們使我們在天涯海角喝杯濁酒時，眼神又悠悠忽忽地回到那片遙遠遼闊的土地；它們已影響了我們千年！

此外，古老的傳說、神話，經過近代哲學家、人類學家嚴肅的探索，已知道往往就是一種民族的「象徵」；象徵那個年代裏的自然景象（如「九個太陽」象徵熱、亮），象徵當時人們所見所思所欲，象徵他們的心靈——他們要飛天、要長生、要眞性情！它們是有意義的東西，而非空無的妄物。

更有進者，〈驅〉文中也透露過信息：胡蓮雖是「假」人，她是狐狸變的，但她對李良（胡的丈夫）的愛，卻是千眞萬誠！還有甚麼比這一點更重要？中共爲了革除迷信，敗壞資產階級的形象，以人際間不能互信的不良動機，革了迷信，卻也把個人的眞，民族的眞革掉了！比起來，樣板戲、官僚風才是僞假的，狐變人，反而是眞摯的！

沒有眞性情，何以竟成這個世界呢？

本文的主題，就是從「破迷信」這一物理眞理的水平，往上易位爲人文眞理的水平——應該是更周至的水平，而從對比中，更顯露其中道理的深刻，且也一擊擊中中共的要害。這樣的主題作者沒有透露太多，但他說第一人稱的「我」是在研究「鬼狐人化的象徵意義」，即已作了暗示；而他藉「多麼可憐」的「胡蓮」口中說出：「我怕失去了自己」，「我不能不開始懷疑起我自己的存在來」，或許也可以解釋成：作者以為連動機良善的「民族傳說」，其地位在共產社會中，也都很不穩了。

三、多種對比精采盡出

《北京的故事》一直以「反諷」為主要工具，在〈驅〉文中寫胡蓮登台演出的一幕，我們可以看到下面幾組十分精采的對比同時進行，值得一提：

1. 胡蓮在台上演戲，對台下而言，整齣進行的戲應該是假的——但對胡蓮而言，台上進行的「戲」卻是眞的，她知道劇情中的毒藥，會讓她現眞身死去，這種衝突，產生戲劇的張力。

2. 胡蓮在台上眞正死去——台下的觀衆卻因演出太逼眞熱烈鼓掌，猶不知自己以眞為假。

3. 胡蓮的故事是代表人性的、平劇式的——共產的作風，卻代表物性的、樣板戲的。

4.「破迷信」表面上是對的——但只信任物性，不信任其中「溫情」，就變成不對的了。

5.迷信是假的——但其中的性情生命卻是眞的。

這些對照，或許我們不一定全能呼之爲「反諷」，但此類意境的、抽象的對比，可能要比單純的語言上的反諷，如「幸而我們生在這種偉大的光榮的時代」，「看戲的都不是普通沒有抵抗力的人民，所以放點毒也沒有多大要緊」等等，要稍微深刻。

而有這些對比，加上作者進行時，平素自然穩貼，即可使這篇作品夠得上稱是佳作；且作者能選擇平劇圈爲背景來表現他的中心主題，也相當高明。

四、作品中的缺失

但本文以小說技巧而言，並非沒有缺點，然作者主要目的，似也只是要透露出一種意識、情感，而不圖藝術「形式」的成就，所以我們只大略提出幾點，以省篇幅。

首先是結構問題。本文結構是「臣」字形，在李良、胡蓮的故事本身，又套上一個殼，好像一個酒缸內又放了個酒缸，而只有裏面的缸才眞正放了酒，此舉是否有必要値得商榷。一開始即直入故事本身，手法上可能需要更高的功力，但卻較易變成眞正凝練圓熟的藝術品。

不過，作者在進行「臣」字的外框時，四、五千字唱下來，總算沒有鬆垮下去。這部分是他會利用「是想北京想死的，雖說他並沒有離開北京」這種也是「似非而是」（想的是過去的北京）的道理以增加其張力的緣故。另外，文終前筱風承認李良就是他，也有一點「驚奇」的效果。

再來的缺點是作者寫狐狸對李良「燭盡淚乾」的感情，寫得還不夠感人，非常可惜！這應該重新挑選更動人的一些事件，自然地串起來積出這份情愫才好。

最後一點是作者的文字過鬆，敍述進行也算不上緊湊，這部分原因也是對白寫得不好，如在討論狐變人的「迷信」、「科學」時，對白裏都有同一個意思作了不必要的反覆的現象。另外，提及第一人稱「我」的書房太大，也是主戲、副戲都談不上的贅筆。

五、結語

以上四段評介，都儘量避開生冷的學術名詞，因爲筆者主要的目的，不過在促請大衆注意好文章而已，希望不致太主觀，也沒有太多評者自製的「添加物」（「衍生義」，Significance）。

最後還是讓我們回到〈驅狐〉的主題意識來。在中國土地上，爲了正義的伸張、眞情的完成，產生了不少美麗的傳統，甚至迷信，這些事情或許看不見、摸不著、且並未眞正發生過，但它們確實影響了我們的感情、意識，甚且在現實生活上對事情做決定的態度。我們甚至可以說它們提供了一種膠合力，讓中國人的思想、觀念，沒有眞正地離散開來，而在這樣的良好背景下，才使我們能發展出一系獨立、精采的文化來！

〈附錄〉

想像態的抗議文學

——論《北京的故事》書寫策略

簡文志

提要

首先概述文革的發生起因，及《北京的故事》的針對性。其後則以作者書中顯露的書寫策略為探析主題，分成「想像態的書寫」、「語言與寓意的呈現」與「感覺交錯的效應」。最終，則對本書以綜論做結。

一、前言：「想像態」的書寫

自從一九六五年十一月十日上海《文匯報》發表姚文元之文章〈評新編歷史劇

《海瑞罷官》〉[1]，從此火線星燃，「無產階級文化大革命」橫掃至一九七六年，億萬人苦受熬煎，無端身陷囹圄，文藝作家顛沛流離，強名毒草、走資、右派。曾經以為是拯救的開始，如今在歷史光燄的鑑照下，卻是墜落的絕路[2]。對於身在域外，心懷中土的馬森，看到中國人困在迷城，廣大群眾用鮮血染紅五星旗，殺赤了眼，裂傷了嘴，猶如魑魅，擎火照亮自身。文人之筆，豈置事外，馬森的筆鋒一揮，崩裂地理的囿限，射穿時代的罩門。

《北京的故事》原為法文稿，完成於一九六八或是六九年，一九七四、七五年

1 按新編歷史劇《海瑞罷官》是歷史學家吳晗應京劇表演藝術家馬連良之約創作的，一九六一年初在北京上演。吳晗寫海瑞，原是為了回應一九五九年毛澤東提出要宣傳和學習海瑞的主張，但盧山會議以後，因為中共國防部長彭德懷在盧山會議上就「大躍進」政策及其後果，向毛澤東提出了一系列激烈的批評意見，結果不但被免去國防部長等職務，還被毛澤東看作是海瑞式的人物，中共黨內極左派元兇康生和毛澤東的夫人江青有意把歷史劇中的海瑞，與現實生活中的彭德懷聯繫在一起，促使毛澤東認可了此劇具有影射意味（陳思和，二〇〇一，頁一五五）。

2 一九七三年，許芥昱到大陸，在那兒待了六個月，只找到五十三本文學性出版品，也就是八億人口只創作了五十三本文學性的書。整理自許芥昱於美國加州舊金山州立大學中共文學討論會的發言（收入《中國大陸抗議文學》，一九八〇，頁三八四）。

之際再以中文改寫（馬森，一九八八，頁十三）。雖然名之《北京的故事》，卻是涵攝整個中國，是現代寓言體小說難得的佳作。其中以虛構的人物言談，對時代現象進行重塑重詮，憑弔歷史文化的沉淪，藝術技巧不僅超越前輩作家，也具有創新的意義。

寓言（fable / parable / allegory）[3]文體流傳已久，在中外皆有其源自古典傳統的歷史，最廣為熟識且閱讀的當是歐洲寓言的奠基之作《伊索寓言》（*Aesop's Fables*），早期西方傳教士在中國用以證道。五四以降的文學，魯迅、茅盾、沈從文都有寓言文學作品，而胡適的〈差不多先生傳〉詼諧地體現中國人的陋習。

陳蒲清以為「寓言由兩個部份組成：故事是它的寓體，寓意是它的本體。」（陳蒲清，一九九二，頁二二）與譬喻修辭的組成相似。寓言的體制詩文不拘，長

3 一般而言，fable指動物寓言，allegory與parable指的是哲理寓言。但是其間的定義常會有互涉的狀態。而陳蒲清以為「parable的特徵是寓意的宗教性，而fable的特徵是故事情節的非現實性，它們都比較短小；allegory以現實中可能發生的事為題材而暗示另外的事情與道理，篇幅可以很長……。這三個名詞，漢語都譯為『寓言』。」（陳蒲清，一九九二，頁五）。陳蒲清又接續著為寓言的定義巡禮，發現寓言的定義說法不一。筆者以為則當取廣義，即寓意於言，有所依附。

短不限，可見寓言體的遊民性格，總是在文學的邊緣遊走。寓言有著最終的針對性，卻未必需點明寓意，也可以用象徵的方式顯現。寓言當是點醒人心的啟示錄，作者或憑空懸想聯翩，或採錄時事改寫，成為笑料的言談，機鋒的警語，有教誨、具寄託，將人物置於非現實生活的狀態，揭示人性的深層內涵和黑暗。因此寓言就會顯現對比的效用，作者憑書寫以托義，讀者藉閱讀以顯義。

然而文革對馬森而言，是一種「想像態」，是在狀況之外。馬森並未經驗慘烈的文革，故以寓言體的非現實書寫，雖然與真實義的文革相近。〈王大爺的驢〉、〈玫瑰怨〉、〈蜻蜓之舞〉、〈癩蛤蟆自殺！〉、〈驅狐〉、〈北京烤鴨〉、〈蝸牛的長征〉與〈鯉魚龍廷〉等，連篇的擬人動植物寓言，以怪誕的手法表現怪誕的世界，「只有利用扭曲模擬扭曲，現實世界的扭曲才得以出現，而形式上的變化則是反應這種扭曲的運作與機制。也只有在扭曲的狀態下，現實（活生生）的感覺才得以變成夢的感覺，在同樣遭到扭曲的狀態下發現事物的扭曲圖像。」[4]在怪誕扭曲

4 引自李鴻瓊，〈「克茲先生，他死了一百年」：論康拉德的《黑暗之心》中的末世寓言〉（收入《中外文學》，一九九九，頁二三一）。

中表示抗議、憤怒與譴責。文革病態社會的怪誕與異癥，馬森即時且迅捷地以文字感應社會的情緒。〈王大爺的驢〉肥驢的抗議遭受壓迫，反倒成了壓迫者，壓迫成了惡性循環；〈玫瑰怨〉中馬森要以花朵彰顯人的非理性；〈驅狐〉中幸福家庭的瓦解，女狐的高度純愛勝過人類的婚配。人性尊嚴之肯定是馬森要求的積極人生，不僅是對自己的態度，也是對社會的態度。

二、語言與寓意的呈現

語言本是表意交流的符號。文革時期怪事怪語[5]交披紛陳，導致名實不相符，循名難責實。怪事怪語正是扭曲真實下的產物，外在的形變只好以扭曲的語言出現在文化主體中，語言與事實的面孔移位換狀，原本的相似感與熟悉感離散為陌生的新穎的語言。因為扭曲的事實、怪異的語言，現實的臉孔得以顯現。

在《北京的故事》中，馬森的語言策略呈現三種現象：「沒有北京味兒」、

5 金春明等編有《「文革」期怪事怪語》（北京：求實，一九八九年七月）。

「少了文革怪語」與「刻意的言不盡意」。

北京是中國首善之區。馬森以北京為名，書寫的是京城故事。然而，讀者騎馬入京城非但沒有好風光，只有削骨的文革冽風。不僅北京的故事都是自創，語言又沒有地道的北京味兒。馬森是山東人，久居台灣與異域，講了一口流利的京片子，對北京的語言當然熟悉。然而，若是在書寫上就不如地道的北京人了，當地靈動的口語俚詞俗句，可能非馬森所能盡知與運用。為了免去與京城作家比較上的弱勢，故以通行的白話口語書寫。如此不僅讀者易懂，符合小說輕鬆諧謔的氣氛，也能真實的反應現象。而且本非北京人，雖然書寫北京事，也不一定要運用當地的語言。

《北京的故事》中並未書寫過多的文革怪語怪事。文革語言對身置事外的馬森與廣大華人實屬難懂，當時身處海外，文革資料取得不易，加上當時馬森焦慮的心境或許無暇顧及。文革的語言就是當時社會現象的反應，所以馬森如能多引用文章中，更可以突顯文革的怪誕。

如前所陳，文革對馬森是一種想像態，是置於狀況外的。在本書中的文革是置於非現實狀態，雖然與真實義的文革相近，但是寓言體本就不以描真寫實為能事，所以對文革語言當然也可以不必盡用，但是焦點鎖定在文革是無庸置疑的。馬森在《北京的故事》中，雖是滿紙書寫荒唐事，倒掬一把辛酸淚，想要證實的仍是讀者閱覽之後顯現的寓意。寓言故事不直接明說，而是曲盡其意。〈天魚〉的意象式寓意，〈王大爺的驢〉酣睡的肥驢與削瘦的王大爺的對照組；〈玫瑰怨〉的副部長與說話玫瑰的歸處，懸而未決；〈癩蛤蟆自殺！〉、〈驅狐〉讀畢仍是摞疊疑雲；〈天魚〉廚師垂簾撲朔的兩個去路。寓言體「刻意的言不盡意」，只是訴說一種概念意義，意義的外延與聯想則具有開放性，是有其味外之旨，韻外之思，是有想像化的語言，也是感覺化的語言。

言不盡意的另一個方式，就是將一切抽象的事理加以具象化。〈蜻蜓之舞〉暴露人如蜻蜓在文革的過勞死；〈癩蛤蟆自殺！〉悲壯的自我終結，對文革偉大的領悟竟是邁向死路。馬森在《北京的故事》的抗議基調除了代表人性對文革的抗議，也以傳統文化的身份提出抗議。〈驅狐〉的強調迷信不死，〈煤山的鬼魂〉以歷史人物代表文化的反撲。這樣的抗議是基於知識份子的使命，以及中國人同種同文的心情。

喜感的呈現更是一種軟性的訴求，〈北京烤鴉〉的「鴨的志向」為戲謔的手法；〈鯉魚龍廷〉的腥臊濃膩的趣味性，水中魚宮是陸上人獄的倒影。然而，其抗議文學的基調則是一貫的。

大陸當代文學仍是以寫實主義為主流，而「傷痕文學」[6]、「暴露文學」……[7]等，咸是文革以降的產物。文革就如臉譜的收藏展，每個人有多張臉，是變臉的時代，一切的假面只是我們自保的手段，這樣的偽真實感使人心進入「緩慢的石化過

6 許芥昱曾為「傷痕文學」下了定義：「一九七六年十月以後，文學作品方面以短篇小說最為活躍，最引起大家注意的內容，我稱之為Hurts generations，就是『傷痕文學』，因為有篇短篇小說叫做『傷痕』，很出鋒頭，這類小說的作家，回憶他們在文革時所受的迫害，不單是心靈和肉體的迫害，還造成很大的後遺症，從此充分反應了年輕一代作家的現象。我把這一批現在還繼續不斷受人注意、討論的文學，稱為『傷痕文學』，取意於受到傷害的訴苦文學，……。」——許芥昱於美國加州舊金山州立大學中共文學討論會的發言。（收入《中國大陸抗議文學》，一九八〇，頁三八六）。吳豐興以為「這類作品在中共看來，是屬於魯迅筆法」並且將傷痕文學分為十類（吳豐興，一九八三，頁八）。

7 國內聯合報介紹此階段的大陸文學作品，均以「抗議文學」稱之；逃港紅衛兵吳畇編《敢有歌吟動地哀》一書，首先提出「覺醒文學」的說法；《青年戰士報》「新文藝副刊」於七十一年三月十日刊出「大陸反共文學透視」座談會；香港丁望把此階段文學稱為「社會主義悲劇文學」；香港《七十年代》月刊總編輯李怡與碧華、楊零已編選《中國新寫實主義文藝作品選》四冊；香港胡菊人則稱其為「廢墟文學」（張子樟，一九八五，頁十三）。

程」[8]。這些插戶、落隊的作家，在文革嚴峻的情勢無法伸展手腳；浩劫之後，才能戰戰兢兢的重拾如椽大筆，書寫一頁滄桑史，藉以澆胸中塊壘，延展歷史軌跡，在文學上抒情明志，再覓自我，重獲生存力量。而身處遠方的馬森，面對遭受詛咒的秋海棠，以寓言這一種次文類紀錄歷史荒唐的斷片。寫作本是樂事，然而謬事難成書，對於馬森而言，創作《北京的故事》該是一種無奈。而《北京的故事》並沒有因突顯哲理而流於說教，雖不寫實，卻比寫實驚動人心，更是比「傷痕文學」更早顯現傷痕，比「暴露文學」更早暴露實相，堪稱上述文潮的前浪。

三、感覺交錯的效應

寓言是文學的一支彩筆，作者賦予鮮明形象的寓體，巧智醒世的寓意，可以宣洩對是非真理的感悟，勘查人內在生命的價值，引發效應。《北京的故事》每一篇

8 卡爾維諾嘗言：「我有時候會覺得整個世界都在硬化成石頭：這是一種緩慢的石化過程，儘管因人因地而有程度差別，但無一生靈得以倖免，就好像沒有人可以躲過蛇髮女妖魅杜莎（Medusa）的冷酷凝視一樣。」（卡爾維諾，二〇〇一，頁十六）。

的主題同時引發多種效應，然而我們可以找到主題內容主要的訴求與效應，效應常常是隨不同的讀者而產生不同的效果，也可以是同時出現的。在此僅拈出「幻滅成空的效應」、「戲謔諧趣的效應」、「照明啟迪的效應」和「形醜的快感與描悲的痛感」四種。

（一）幻滅成空的效應

最足為代表的當是〈驅狐〉。文革跨越理性的界線，非理性的絕對擴張造成文革下家庭破裂，生存與死亡在共時框架中瞬間啟動與斷裂。

家庭組織是基本的生存體系，由此向外引生漣漪，一圈圈的盪漾至國家體制。〈驅狐〉一篇是荒謬體制下的荒謬故事，但是卻讓人有強烈的真實感，原本女狐的真情與非婚制的理想，在霎時成了幻滅。〈驅狐〉顯現人性的愛情更是蒼白無力，令人拊心悲嘆。

〈驅狐〉可以是動物的寓言，是寓言常用的手法。動物寓言就是擬人寓言，「擬人寓言是非人物寓言，它的特點是賦予動物、植物、無生物和天象等以人的理性，像人一樣的思考、行動、說話。」（陳蒲清，一九九二，頁七一）這母狐轉化成媚女之後，二十年期限一到，開始擔心旦夕即死，遂質問過去：

> 懷疑我自己的存在！在種種破除迷信的宣傳之後，我不能不開始懷疑起我自己的存在來。我自問我到底是一隻變成了人形的狐狸？還是不過是一個假想自己是狐狸的女人？（馬森，一九八八，頁一三九）

馬森在劇中嵌劇，起用類似美人魚幻化成人的套式，結局也令人心碎，但是狐死臺上卻有極佳的效果。不僅成了文革推行反迷信的反效果，再則是書中觀眾的以真為假的效果，最末是真實讀者對作者神來一筆的讚嘆，也體現馬森身為劇作家的風采。

文革使傳統統合性高的經驗結構在現代社會崩解，對迫害者而言是「樂而淫」，對受迫者是「哀且傷」。然而，時間之水悠悠然地不停流，人的反省或體認總是慢騰騰。〈癩蛤蟆自殺！〉中蛤蟆的自我發覺：「如不曾有過洗腦的這種了不起的經驗」（馬森，一九八八，頁一〇二）文革是一種洗腦後的自在，蛤蟆自如地思考存在問題，所謂的幸福竟是殘暴的自我終結。〈蜻蜓之舞〉蜻蜓的休舞採蜜，只有勞動是偉大，造成人才綁手縛腳，莫知所從，心靈趨向極端失衡，並且瀕臨崩解的邊緣，社會秩序呈現「異化」（alienation），反應出人的「無能力感」（powerlessness）、「無規範感」（normalessness）、「無意義感」（meaninglessness）、「孤立感」（isolation）與「自我疏離感」（self-estrangement）。[9] 一切都在渾沌不明之中，傳統的經驗內容遭受蹂躪，整體文化結構片化與割裂。

（二）戲謔諧趣的效應

寓言常常以諧謔諷刺的手法，予人深刻的印象，滑稽事物與言談更能引起心中的快感。亞里斯多德在《詩學》言及：「滑稽只是醜陋的一種表現。滑稽的事物，

9 「異化」原是黑格爾所提出的，而西門（Melvin Seeman）對異化的相互關聯更提出了五種的說法（轉引自張子樟，一九八五，頁七九）。

或包含謬誤，或其貌不揚，但不會給人造成痛苦或傷害。」（亞里斯多德：二〇〇一，頁五八）如此滑稽的手法不僅能惹人發笑，也容易接受背後嚴正深遠的主旨與訴求。

童慶炳指「反常，是指情景的反常，超常的組合；合道，是指這種反常超常的藝術組合，卻出人意料合乎了感知和情感的邏輯，從而產生了一種象外之象、景外之景、味外之味。」（童慶炳，一九九四，頁一一六）反常以合道，是合乎作品所訴諸的道。「從審美心理學的角度看，作為『味外之旨』的生成原理的『反常合道』，與西方現代詩學中的『悖論語言』、『悖論情景』極為相似。『悖論』（paradox）原是古典修辭的一格，指表面上荒謬而實際上真實的陳述。……所謂『悖論情景』就是詩人在詩中把相互矛盾或相差很大的情景組合在一起，卻出人意料地得到了某種平衡、和諧，並生發出說不盡道不完的意味。」（童慶炳，一九九四，頁一一七）悖論原本呈現一種矛盾對立面，好像矛盾或不合理而實際上卻是正確的言論，如此又成為和諧統一體。

從〈天魚〉的由天而降，〈玫瑰怨〉的玫瑰說話，〈驅狐〉的以狐成人、人又為狐。馬森以悖論的手法引發諧謔譏嘲的效應，又透過喜感的氣氛，呈現對權威的發難與鞭笞，表現出意外的反諷，遂使針對性降低，卻不損批判。因此容易產生強烈的對比，顯露對象的無知、愚昧與謬誤。如此調弄誇張與荒誕的手法，嘲弄的事物猶如在顯微鏡頭下放大了，成了顯義的批判閱讀，如劍擊般揭穿人類的假面。

人類的每一行動都可部分的回溯到動物的來源；如果把這一血脈相連的關係切斷，我們應當是既冷酷且孤單的生物。然而尋求突出的特色是很對的：我們要知道哪些稟賦是我們與動物共有的，哪些是我們獨享的。（布羅諾斯基，一九八六，頁九）

文革的極端理想主義，只突出人與動物共有的野性。即使〈王大爺的驢〉中驢以「階級仇恨海樣深」（馬森，一九八八，頁四四）為清算的理由，但是階級是永存的，文革只是金字塔倒反的新階級制，對於去除階級制並沒有幫助。

驢是寓言的重要腳色，其任勞任怨，更突顯剝削的層遞性。驢以受壓迫者的姿態說話、反抗都是邪門。

革命前的天經地義，如今成了邪門兒；革命前的邪門兒，如今才是天經地義呢！（馬森，一九八八，頁四三至四四）

可見文革狂飆之後，似乎整個世界都顛覆了。當時文革正殺氣騰天，馬森以千里旁觀者的立場，為讀者帶來視覺的反諷。〈愚公的花園〉中老愚公的標準是：「第一、人得要老；第二、人得要傻；第三呢，得傻得像主席的愚公模樣才好。」（馬森，一九八八，頁一六九）這裏就是真指愚公（主席）的愚昧，而不是愚公的毅力了。〈煤山的鬼魂〉中，平等竟是與末代皇孫同樣地只吃一條小乾魚；〈天魚〉本是祥瑞之兆，識貨的廚師吃了魚子，返老還童；〈北京烤鴨〉中，為領導服務失望的鴨子的幻滅。可見諧趣的手法產生了喜感笑料的效果，充滿喜劇式的手法，有了象徵的意味，給了寓意深層的暗示。

共產機制的荒謬意向與野性經驗，透過〈煤山的鬼魂〉崇禎皇帝之語，顯現出強烈對比及更甚於滿清的狂野：

滿人在位兩百年，倒從未疏忽對寡人的春秋兩祭。難道說我們的國土又有另一類異族——比滿洲人更野蠻的異族盤據？（馬森，一九八八，頁八五）

文革下的人是處在艱困的生存模式，是脫離滿清後最頹敗的歷史狀態，造成傳統文化的幾近終結。李同志所言「在我們這個年代，你不信有鬼，倒信有強盜！」（馬森，一九八八，頁九六）更是打倒牛鬼蛇神的例證。

植物型寓言的〈玫瑰怨〉，作者設置了一個無解的懸念，玫瑰的嬌怨在與副部長雙雙消失之後得到紓解，而以花映人的「面慈心善」、「天生壞胚」、「野心勃勃」、「虛榮矯情」、「資產階級」、「無產階級」（馬森，1988：58），寓意在花姿競妍中獲致詮釋。

（三）照明啟迪的效應

人類文明是歷時的演進過程，文明也標誌著我們稟賦卓絕於萬物。文化可以反應出當時的生活型態，「理想文化」（idea culture）（宋鎮照，二〇〇〇，頁一六〇）的實踐與追求更是永無止盡的過程，以期符合正當的行為規範，遵守常態的文化體制。革命代表著處於不完美的「實際文化」（real culture）（宋鎮照，二〇〇〇，頁一六〇）狀態。不完美也導致不確定性。

人類的成長老是搖搖擺擺。老是有一種不確定性；人舉足邁步，是不是真正在前進？我們的前面是甚麼？（布羅諾斯基，一九八六，頁四七八）

革命以前進為主題，卻擴大階級的差距，是成長中人性與文化的迷走，是人性退縮的悲哀。整個文革下的中國呈現出極度的陌生化。文明與黑暗竟是一種此仆彼起的相生效應。馬森冀望以寓言為照明，盼起復光華，透視真相。

文革是一種倒退的文明社會，是一種「反抗文化」（counterculture）（宋鎮照，二〇〇〇，頁一七四），是一種次等文化，本來的原初理想是藉由干預介入而邁向「精緻文化」（refined culture）（宋鎮照，二〇〇〇，頁一七八）。然而文革的鬥爭、權謀、欺罔，文化的不進反退，在〈蝸牛的長征〉中，蝸牛漫著苦行的足跡，體現一個傳統的、歷史的經驗結構崩解時的反思：

我來的目的是打倒那些走歪路的當權派！清除四舊！凡是舊文化、舊習慣、舊風俗、舊傳統，一切封建餘孽，悉數打倒！打倒！但是以後呢？我自己又將如何？成為一個革命家？一個領導？然後也變成內奸工賊？反革命？像國家主席及其以下的當權派一樣？昨天身居革命領導的人，今天不是成了大叛賊了嗎？恥辱呵恥辱！所有的領導、所有的幹部都不過是冒牌的革命家、愛國者⋯⋯，革命轉眼間二十年就要過去了，可是舉眼望去卻出現了越來越多的叛徒、內奸和反革命！如果革命只能散播這樣的惡種，革命又有什麼好處？（馬森，一九八八，頁二〇三）

革命就像是猜謎，每一個中國人都是不同的謎，這麼多的謎織就成一道牆網，眾人都在猜解異謎，而避免將自己書寫在謎籠上，只有掌權者能射謎與設謎，而我們是可被設定與待射的謎底。

如此生活更是迷失在謎面上，陷入另一種迷信，只有〈驅狐〉的女狐獨自清醒：

> 我們應該感謝黨，感謝我們偉大的導師把我們帶領進一個嶄新的社會主義的大時代，人人都生活在無涯無限的幸福之中，只除了我一個！如果這種轉化只不過是一種迷信，我又如何回轉到我原來的本體？我的存在因此已跟著迷信的破除而化為烏有了。所以我只是一個想像中的生物，其實是不曾存在的！（馬森，一九八八，頁一四六）

她的清醒不只是清醒著思考自身存在的問題，也是心處在真實與虛無的二元衝突思考中。馬森揣摩英雄的心境，在〈英雄跟他的影子〉中，英雄（主席）品味著孤獨的痛苦，而穿衣鏡另一方的自己卻是反省著，是不甘寂寥的：「要是存在只有痛苦的話，存在還有什麼意義？」（馬森，一九八八，頁二一二）外在環境的節奏轉換迅捷，主體只能望其頸項，被動地在後追趕。迷信是不會被消滅的，當一個迷信遭刈除之後，另一迷信於焉扶植而起：

> 可是誰又知道老迷信破除了以後，會不會又產生新迷信呢？人們總是愛好迷信的嘛！（馬森，一九八八，頁一五一）

堅實的文化內涵中多少存在著迷信，迷信也是一種認同，刻意破除迷信，有時會產生顛覆性的「文化震盪」（culture shock）（宋鎮照，二〇〇〇，頁一七五）。當文化震盪的產生，強勢者會極力的以各種方式入侵對方，強迫對方改變，形成另一種迷信。

（四）形醜的快感與描悲的痛感

感覺是創造性的活動，是心靈深層的凝視，是面對整個客體世界，主體對萬物情狀的反應，是「衝擊——反應」模式（impact-response model），是與外在世界對話引發的興會。從馬森《北京的故事》中，可以體會到「形醜的快感」與「描悲的痛感」。

相對美的事物稱之為醜。當然並沒有絕對的美與醜的標準，只要一旦被歸類為醜的事物，通常就有了否定的意味。〈天魚〉主席的不識貨，嫌隙的醜態歷歷在目；〈王大爺的驢〉壓迫者的腦滿腸肥，受迫者翻身的反壓迫。因為醜是美的背景片，具有烘托的效果，可以呈現美的質感與稟性。審醜能引發一種心理效應，在對比下呈現一種快感，透過審醜揭發事理，傳遞真諦，確立價值，突出隱而不顯的本質。〈蒼蠅〉的主角隨蒼蠅覆誦《詩經》，〈愚公的花園〉老愚公的笨行，都體現了醜的千形百姿，是具有吸引力的。藉由對醜的認識，體會生命美感，能夠安然於現實社會的變動，反省脫序的社會現象，重拾倫理的精神。

如老舍《貓城記》的吃迷葉，〈鯉魚龍廷〉吃水麻的鯉魚被推翻之後，繼起的紅魚還是吸食水麻，承襲壞的風俗習慣，作者將一切肇因於「繭式文化」。形醜的快感是在扭曲的現象中，揭示真情實況。

作家對時事是最敏感的，能夠表現出隱藏在人的心靈下的真實。〈驅狐〉道出文革下的家庭與愛情破裂的真實，這樣的真實常常是悲哀的，痛感的。

如今中國被揉搓成鬱苦的山水[10]，文革揮旗揚鞭，起落一季的腥風血雨。〈蝸牛的長征〉中人們無語默默，只有背起屈辱隨文革長征。〈鯉魚龍廷〉雖是輕嘴笑語，卻使空氣凝結著肅殺的氛圍，吮盡中國人的的生氣。馬森在寓言體中隱藏樂府的現實主義精神，純粹因事而興，有鏗然的抗議，有落霞的嘆息。

生命該是莊嚴的，然而〈蜻蜓之舞〉的境遇悲慘，落寞無比。馬森以蜻蜓象徵那些文革被下放的作家，用文學替同行不平。

> 革命的目的是人道的，手段卻一點都不人道。（馬森，一九八八，頁六五）

> 我只擔心你們還不曾建成人間的天堂，倒先打得頭破血流了！（馬森，一九八八，頁五九）

---

10 「鬱苦的山水」是洛夫〈血的再版〉詩句，收入《釀酒的石頭》。

文革使人自由[11]，但是馬森心中充滿疑雲，懷疑生命的價值，矛盾地思索人性的真實面向，心中充滿既同情且悲慟的情緒；對於文革，豈是生命中莫可奈何的苦難。

四、結論

馬森以寓言來洞燭事實，還原人性。文學不能低賤成附庸般的唱和，不能劃界自清於一般的人文精神，文學要堅持保有對維護生命的一份尊嚴。

> 寧願捨棄正面的批判，而去尋思人間更為根本的問題：生、死的迷惑，愛、恨、貪慾的掙扎。（馬森，一九九九，頁一一九）

人性的殘暴成了死亡的原發場域，文革的所有夭折、悲傷且失敗的事物都在一張張慌忙的臉上與草莽的標語得到了說明。在歷史的法庭上，馬森以見證人的身份

11 「人是萬物中最任性放肆地利用了這種『自由』的生物。」（馬森，一九八六，頁六）。

提出控告，讀者就是陪審團，文字是激昂的律師，這一片斷的歷史早已在《北京的故事》中獲得審判。

《北京的故事》有其寓意的指涉，隱而不藏的哲理訴求，真實取材下虛構的人物，也塑造古代人物新情性，讓動物登台說唱逗笑，一切是那麼地荒謬，卻又荒謬地那麼真切。馬森的寓言莊諧並陳，可以「撕毀假，揭露惡，嘲笑醜，顯示真，頌揚善，表現美。」（陳蒲清，一九九二，頁三八）雖然亞里斯多德將寓言列為「演說者虛構的事情」（亞里斯多德，一九九一，頁一〇九）是一種演說術，現在寓言文學的發展早已不只是演說用了。《北京的故事》到處撕開共產黨早期領政的疤痕，如果說是反共文學，也未嘗不宜。其中洗鍊的文字，簡練的句式，深刻雋永的故事，通俗易懂的情節，蘊藏微言大義，人物形象鮮活，閃耀著作者的智慧與光華，作品能出奇制勝，達到「作意好奇」的效果。

以北京代表中國，呈現出一個思維僵化的整體，是有如〈差不多先生〉般的國族寓言的訴求。本書中馬森把劇作家的本色移過來不少，不僅有荒謬劇的意味，也有了一些簡單的「腳色式」人物。作為反映文革體制下的前衛書寫者，雖然寓言是一種邊緣文體[12]，但是馬森以寓言的穿透力鑽入文革的心臟，在寓言體中運用魔幻誇誕的手法，剖開血淋淋的真相。

《北京的故事》仍然存在著邏輯上的缺點。在〈天魚〉中，吃了天魚的廚師返老還少，主席雖然懊悔，卻也慶幸自己沒有回復青春，因為主席還是要有莊嚴感。則何以廚師不能續留下來？續留廚師不是更可突顯主席的睿智與寬容？若不續留，則當下放。既然下放，何以有機會當人民解放軍或在海外從事革命運動？此處文章的跳動性明顯過大。〈蜻蜓之舞〉、〈癩蛤蟆自殺！〉、〈英雄跟他的影子〉寓理稍嫌過度顯露；〈奇異的流行病〉則是簡單的主題，正文卻是冗長；〈鯉魚龍廷〉則是魚與人的主稱沒有統一性。

《北京的故事》有很多的特色是我沒有論及的。期待有更高明的評者發現此中真義。

（本文作者為佛光大學文學系助理教授）

12 「並非所有走向中心的文類都是幸運兒，也並非所有退向邊緣的文類都該自認倒楣。」（陳平原，一九九八，頁八二）。

參考資料

布羅諾斯基著、漢寶德譯，《文明的躍昇》（台北：明文，一九八六年九月）。
伊塔羅・卡爾維諾著、吳潛誠校譯，《給下一輪太平盛世的備忘錄》（台北：時報，二〇〇一年七月）。
宋鎮照，《社會學》（台北：五南，二〇〇〇年八月）。
吳豐興，《中國大陸的傷痕文學》（台北：幼獅，一九八三年二月）。
亞里斯多德著、羅念生譯，《修辭學》（北京：三聯，一九九一年十月）。
亞里斯多德著、陳中梅譯，《詩學》（台北：商務，二〇〇一年八月）。
金春明、黃裕沖、常惠民編，《「文革」時期怪事怪語》（北京：求實，一九八九年七月）。
高上秦編，《中國大陸抗議文學》（台北：時報，一九八〇年五月）。
唐紹華，《大陸文壇及其他》（台北：文壇雜誌，一九八五年四月）。
馬森，《海鷗》（台北：爾雅，一九八六年四月）。
馬森，《北京的故事》（台北：時報，一九八八年四月；一九九四年四月）。
馬森，《追尋時光的根》（台北：九歌，一九九九年五月）。

張子樟，《人性與「抗議文學」》（台北：幼獅，一九八五年五月）。
陳蒲清，《寓言文學理論、歷史與應用》（台北：駱駝，一九九二年十月）。
陳平原，《小說史：理論與實踐》（台北：淑馨，一九九八年十月）。
陳思和，《當代大陸文學史教程》（台北：聯合文學，二〇〇一年八月）。
童慶炳，《中國古代心理詩學與美學》，（台北：萬卷樓，一九九四年八月）。
李宏瓊，〈「克茲先生，他死了一百年了」：論康拉德的《黑暗之心》中的末世寓言〉（收入《中外文學》二八卷六期，一九九九年十一月）。

馬森著作目錄

一、學術論著及一般評論

《莊子書錄》，台北：台灣師範大學國文研究所集刊，第二期，一九五八年。
《世說新語研究》，台北：台灣師範大學國文研究所，一九五九年。
《馬森戲劇論集》，台北：爾雅出版社，一九八五年九月。
《文化・社會・生活》，台北：圓神出版社，一九八六年一月。
《東西看》，台北：圓神出版社，一九八六年九月。
《電影・中國・夢》，台北：時報出版公司，一九八七年六月。
《中國民主政制的前途》，台北：圓神出版社，一九八八年七月。
馬森、邱燮友等著《國學常識》，台北：東大圖書公司，一九八九年九月。
《繭式文化與文化突破》，台北：聯經出版社，一九九〇年一月。
《當代戲劇》，台北：時報文化出版社，一九九一年四月。

《中國現代戲劇的兩度西潮》，台南：文化生活新知出版社，一九九一年七月。
《東方戲劇・西方戲劇》（《馬森戲劇論集》增訂版），台南：文化生活新知出版社，一九九二年九月。
《西潮下的中國現代戲劇》（《中國現代戲劇的兩度西潮》修訂版），台北：書林出版公司，一九九四年十月。
馬森、邱燮友、皮述民、楊昌年等著《二十世紀中國新文學史》，板橋：駱駝出版社，一九九七年八月。
《燦爛的星空——現當代小說的主潮》，台北：聯合文學出版社，一九九七年十一月。
《戲劇——造夢的藝術》，台北：麥田出版社，二〇〇〇年十一月。
《文學的魅惑》，台北：麥田出版社，二〇〇二年四月。
《台灣戲劇——從現代到後現代》，台北：佛光人文社會學院，二〇〇二年六月。
《中國現代戲劇的兩度西潮》再修訂版，台北：聯合文學出版社，二〇〇六年十二月。
〈台灣實驗戲劇〉，收在張仲年主編《中國實驗戲劇》，上海：上海人民出版社，二〇〇九年一月，頁一九二—二三五。
《台灣戲劇——從現代到後現代》（增訂版），台北：秀威資訊科技，二〇一〇年十二月。
《戲劇——造夢的藝術》（增訂版），台北：秀威資訊科技，二〇一〇年十二月。

《文學的魅惑》（增訂版），台北：秀威資訊科技，二〇一〇年十二月。

《文學筆記》，台北：秀威資訊科技，二〇一〇年十二月。

二、小說創作

馬森、李歐梵《康橋踏尋徐志摩的蹤徑》，台北：環宇出版社，一九七〇年。

《法國社會素描》，香港：大學生活社，一九七二年十月。

《生活在瓶中》（加收部分《法國社會素描》），台北：四季出版社，一九七八年四月。

《孤絕》，台北：聯經出版社，一九七九年九月，一九八六年五月第四版改新版。

《夜遊》，台北：爾雅出版社，一九八四年一月。

《北京的故事》，台北：時報出版公司，一九八四年五月，一九八六年七月第三版改新版。

《海鷗》，台北：爾雅出版社，一九八四年五月。

《生活在瓶中》，台北：爾雅出版社，一九八四年十一月。

《巴黎的故事》（《法國社會素描》新版），台北：爾雅出版社，一九八七年十月。

《孤絕》（加收《生活在瓶中》），北京：人民文學，一九九二年二月。

《巴黎的故事》，台南：文化生活新知出版社，一九九二年二月。

《夜遊》，台南：文化生活新知出版社，一九九二年九月。

《M的旅程》，台北：時報出版公司，一九九四年三月（紅小說二六）。
《北京的故事》，台北：時報出版公司，一九九四年四月（新版、紅小說二七）。
《孤絕》，台北：麥田出版社，二〇〇〇年八月。
《夜遊》，台北：九歌出版社，二〇〇〇年十二月。
《夜遊》（典藏版）台北：九歌出版社，二〇〇四年七月十日。
《巴黎的故事》，台北：印刻出版社，二〇〇六年四月。
《生活在瓶中》，台北：印刻出版社，二〇〇六年四月。
《府城的故事》，台北：印刻出版社，二〇〇八年五月。
《孤絕》（最新增訂本），台北：秀威資訊科技，二〇一〇年十二月。
《夜遊》（最新增訂本），台北：秀威資訊科技，二〇一〇年十二月。

三、劇本創作

《西冷橋》（電影劇本），寫於一九五七年，未拍製。
《飛去的蝴蝶》（獨幕劇），寫於一九五八年，未發表。
《父親》（三幕），寫於一九五九年，未發表。
《人生的禮物》（電影劇本），寫於一九六二年，一九六三年於巴黎拍製。

《蒼蠅與蚊子》（獨幕劇），寫於一九六七年，發表於一九六八年冬《歐洲雜誌》第九期。

《一碗涼粥》（獨幕劇），寫於一九六七年，發表於一九七七年七月《現代文學》復刊第一期。

《獅子》（獨幕劇），寫於一九六八年，發表於一九六九年十二月五日《大眾日報》「戲劇專刊」。

《弱者》（一幕二場劇），寫於一九六八年，發表於一九七〇年一月七日《大眾日報》「戲劇專刊」。

《蛙戲》（獨幕劇），寫於一九六九年，發表於一九七〇年二月十四日《大眾日報》「戲劇專刊」。

《野鵓鴿》（獨幕劇），寫於一九七〇年，發表於一九七〇年三月四日《大眾日報》「戲劇專刊」。

《朝聖者》（獨幕劇），寫於一九七〇年，發表於一九七〇年四月八日《大眾日報》「戲劇專刊」。

《在大蟒的肚裡》（獨幕劇），寫於一九七二年，發表於一九七六年十二月三─四日《中國時報》「人間副刊」，並收在王友輝、郭強生主編《戲劇讀本》，台北：二魚文化，頁三六六─三七九。

《花與劍》（二場劇），寫於一九七六年，未發表，收入一九七八年《馬森獨幕劇集》；並選入一九八九《中華現代文學大系》（戲劇卷壹），台北：九歌出版社，頁一〇七—一三五；一九九三年十一月北京《新劇本》第六期（總第六十期）「93中國小劇場戲劇展暨國際研討會作品專號」轉載，頁十九—廿六；一九九七年英譯本收入*Contemporary Chinese Drama*, translated by Prof. David Pollard, Hong Kong, Oxford university Press, pp. 253-374。

《馬森獨幕劇集》，台北：聯經出版社，一九七八年二月（收進《一碗涼粥》、《獅子》、《蒼蠅與蚊子》、《弱者》、《蛙戲》、《野鵓鴿》、《朝聖者》、《在大蟒的肚裡》、《花與劍》等九劇）。

《腳色》（獨幕劇），寫於一九八〇年，發表於一九八〇年十一月《幼獅文藝》三二三期「戲劇專號」。

《進城》（獨幕劇），寫於一九八二年，發表於一九八二年七月廿二日《聯合報》副刊。

《腳色》，台北：聯經出版社，一九八七年十月（《馬森獨幕劇集》增補版，增收進《腳色》、《進城》，共十一劇）。

《腳色——馬森獨幕劇集》，台北：書林出版社，一九九六年三月。

《美麗華酒女救風塵》（十二場歌劇），寫於一九九〇年，發表於一九九〇年十月《聯合文學》七二期，游昌發譜曲。

《我們都是金光黨》（十場劇），寫於一九九五年，發表於一九九六年六月《聯合文學》一四〇期。

《我們都是金光黨／美麗華酒女救風塵》，台北：書林出版社，一九九七年五月。

《陽台》（二場劇），寫於二〇〇一年，發表於二〇〇一年六月《中外文學》三十卷第一期。

《窗外風景》（四圖景），寫於二〇〇一年五月，發表於二〇〇一年七月《聯合文學》二〇一期。

《蛙戲》（十場歌舞劇），寫於二〇〇二年初，台南人劇團於二〇〇二年五月及七月在台南市、台南縣和高雄市演出六場，尚未出書。

《雞腳與鴨掌》（一齣與政治無關的政治喜劇），寫於二〇〇七年末，二〇〇九年三月發表於《印刻文學生活誌》。

《馬森戲劇精選集》（收入《窗外風景》、《陽台》、《我們都是金光黨》、《雞腳與鴨掌》、歌舞劇版《蛙戲》、話劇版《蛙戲》及徐錦成〈馬森近期戲劇〉、陳美美〈馬森「腳色理論」析論〉兩文），台北：新地文學出版社，二〇一〇年三月。

四、散文創作

《在樹林裏放風箏》，台北：爾雅出版社，一九八六年九月。

《墨西哥憶往》，台北：圓神出版社，一九八七年八月。

《墨西哥憶往》，香港：盲人協會，一九八八年（盲人點字書及錄音帶）。

《大陸啊！我的困惑》，台北：聯經出版社，一九八八年七月。

《愛的學習》，台南：文化生活新知出版社，一九九一年三月（《在樹林裏放風箏》新版）。

《馬森作品選集》，台南：台南市立文化中心，一九九五年四月。

《追尋時光的根》，台北：九歌出版社，一九九九年五月。

《東亞的泥土與歐洲的天空》，台北：聯合文學出版社，二〇〇六年九月。

《維城四紀》，台北：聯合文學出版社，二〇〇七年三月。

《旅者的心情》，上海：上海人民出版社，二〇〇九年一月。

五、翻譯作品

馬森、熊好蘭合譯《當代最佳英文小說》導讀一（用筆名飛揚），台南：文化生活新知出版社，一九九一年七月。

馬森、熊好蘭合譯《當代最佳英文小說》導讀二（用筆名飛揚），台南：文化生活新知出版社，一九九一年十月。

《小王子》（原著：法國・聖德士修百里，譯者用筆名飛揚），台南：文化生活新知出版社，一九九一年十二月。

《小王子》，台北：聯合文學，二〇〇〇年十一月。

六、編選作品

《七十三年短篇小說選》，台北：爾雅出版社，一九八五年四月。

《樹與女——當代世界短篇小說選（第三集）》，台北：爾雅出版社，一九八八年十一月。

馬森、趙毅衡合編《潮來的時候——台灣及海外作家新潮小說選》，台南：文化生活新知出版社，一九九二年九月。

馬森、趙毅衡合編《弄潮兒——中國大陸作家新潮小說選》，台南：文化生活新知出版社，一九九二年九月。

馬森主編，「現當代名家作品精選」系列（包括胡適、魯迅、郁達夫、周作人、茅盾、丁西林、沈從文、徐志摩、丁玲、老舍、林海音、朱西甯、陳若曦、洛夫等的選集），台北：駱駝出版社，一九九八年六月。

馬森主編《中華現代文學大系一九八九—二〇〇三・小說卷》，台北：九歌出版社，二〇〇三年十月。

七、外文著作

1963 *L'Industrie cinémathographique chinoise après la sconde guèrre mondiale*（論文）, Institut des Hautes Études Cinémathographiques, Paris.

1965 "Évolution des caractères chinois" , *Sang Neuf*（Les Cahiers de l'École Alsacienne, Paris）, No.11,pp.21-24.

1968 "Lu Xun, iniciador de la literatura china moderna" ,*Estudio Orientales*, El Colegio de Mexico, Vol.III,No.3,pp.255-274.

1970 "Mao Tse-tung y la literatura:teoria y practica" , *Estudios Orientales*, Vol.V,No.1,pp.20-37.

1971 "La literatura china moderna y la revolucion" , *Revista de Universitad de Mexico*, Vol. XXVI, No.1, pp.15-24.

"Problems in Teaching Chinese at El Colegio de Mexico" , *Journal of the Chinese Language Teachers Association in North America*, Vol.VI, No.1, pp.23-29.

La casa de los Liu y otros cuentos（老舍短篇小說西譯選編）, El Colegio de

Mexico, Mexico, 125p.

1977 *The Rural People's Commune 1958-65: A Model of Social and Economic Development* (Dissertation of Ph.D. of Philosophy at University of British Columbia, Canada).

1979 "Water Conservancy of the Gufengtai People's Commune in Shandong" (25-28 May , The Annual Conference of Association for Asian Studies).

1981 "Kuo-ch'ing Tu: *Li Ho* (Twayne's World Series), Boston, Twayne Publishers, 1979" , *Bulletin of SOAS*, University of London, Vol. XLIV, Part 3, pp.617-618.

"The Drowning of an Old Cat and Other Stories, by Hwang Chun-ming (translated by Howard Goldblartt), Bloomington, Indiana University Press,1980", *The China Quarterly*, 88, Dec., pp.707-08.

1982 "Jeanette L. Faurot (ed.): *Chinese fiction from Taiwan: Critical Perspectives*, Bloomington: Indiana University Press, 1980", *Bulletin of the SOAS*, Unversity of London, Vol. XLV, Part 2, pp.383-384.

"Martine Vellette-Hémery: *Yuan Hongdao (1568-1610): théorie et pratique littéraires*, Paris, Collège de France, Institut des Hautes Études Chinoises, 1982", *Bulletin of the SOAS*, Unversity of London, Vol. XLV, Part 2, p.385.

1983 "Nancy Ing (ed.): *Winter Plum: Contemporary Chinese Fiction*, Taipei, Chinese Nationals Center,1982", *The China Quarterly*, pp.584-585.

1986 "Contemporary Chinese Literature: An Anthology of Post-Mao Fiction and Poetry, edited with an Introduction by Michael S. Duke for the Bulletin of Concerned Asian Scholars, New York and London, M. E. Sharpe Inc., 1985", *The China Quarterly*, pp.51-53.

1987 "L'Ane du père Wang" , *Aujourd'hui la Chine*, No.44, pp.54-56.

1988 "Duanmu Hongliang: *The Sea of Earth*, Shanghai, Shenghuo shudian, 1938", *A Selective Guide to Chinese Literature 1900-1949*, Vol.1 The Novel, edited by Milena Dolezelova-Velingerova, E. J. Brill, Leiden. New York, KØbenhavn Köln, pp.73-74.

"Li Jieren: *Ripples on Dead Water*, Shanghai, Zhong hua shuju, 1936", *A Selective Guide to Chinese Literature 1900-1949*, Vol.1, The Novel, edited by Milena Dolezelova-Velingerova, E. J. Brill, Leiden. New York, KØbenhavn Köln, pp.116-118.

"Li Jieren: *The Great Wave*, Shanghai, Zhong hua shuju, 1937", *A Selective Guide to Chinese Literature 1900-1949*, Vol.1, The Novel, edited by Milena Dolezelova-Velingerova, E. J. Brill, Leiden. New York, KØbenhavn Köln, pp.118-121.

"Li Jieren: *The Good Family*, Shanghai, Zhonghua shuju, 1947", *A Selective Guide to*

Chinese Literature 1900-1949, Vol.2, The Short Story, edited by Zbigniew Slupski, E. J. Brill, Leiden. New York, KØbenhavn Köln, pp.99-101.

"Shi Tuo: *Sketches Gathered at My Native Place*, Shanghai, Wenhua shenghuo chu banshee, 1937", *A Selective Guide to Chinese Literature 1900-1949*, Vol.2, The Short Story, edited by Zbigniew Slupski, E. J. Brill, Leiden. New York, KØbenhavn Köln, pp.178-181.

"Wang Luyan: *Selected Works by Wang Luyan*, Shanghai, Wanxiang shuwu, 1936", *A Selective Guide to Chinese Literature 1900-1949*, Vol.2, The Short Story, edited by Zbigniew Slupski, E. J. Brill, Leiden. New York, KØbenhavn Köln, pp.190-192.

1989 "Father Wang's Donkey"（translated by Michael Bullock）, *PRISM International*, Canada, Vol.27, No.2, pp.8-12.

"The Theatre of the Absurd in Mainland China: Gao Xingjian's *The Bus Stop*", *Issues & Studies*, National Chengchi University, Vol.25, No.8, pp.138-148.

1990 "The Celestial Fish"（translated by Michael Bullock）, *PRISM International*, Canada, January 1990, Vol.28, No.2, pp.34-38.

"The Anguish of a Red Rose"（translated by Michael Bullock）, *MATRIX*（Toronto,

Canada）, Fall 1990, No.32, pp.44-48.

"Cao Yu: *Metamorphosis*, Chongqing, Wenhua shenghuo chubanshe, 1941", *A Selective Guide to Chinese Literature 1900-1949*, Vol.4, The Drama, edited by Bernd Eberstein, E. J. Brill, Leiden. New York, KØbenhavn Köln, pp.63-65.

"Lao She and Song Zhidi: *The Nation Above All*, Shanghai Xinfeng chubanshe, 1945", *A Selective Guide to Chinese Literature 1900-1949*, Vol.4, The Drama, edited by Bernd Eberstein, E. J. Brill, Leiden. New York, KØbenhavn Köln, pp.164-167.

"Yuan Jun: *The Model Teacher for Ten Thousand Generations*, Shanghai, Wenhua shenghuo chubanshe, 1945", *A Selective Guide to Chinese Literature 1900-1949*, Vol.4, The Drama, edited by Bernd Eberstein, E. J. Brill, Leiden. New York, KØbenhavn Köln, pp.323-326.

1991 "The Theatre of the Absurd in Mainland China: Kao Hsing-chien's *The Bus Stop*" in Bih-jaw Lin（ed.）, *Post-Mao Sociopolitical Changes in Mainland China: The Literary Perspective*, Institute of International Relations, National Chengchi University, Taipei, pp.139-148.

"Thought on the Current Literary Scene", *Rendition*（A Chinese-English Translation

Magazine）, Nos.35 & 36, Spring & Autumn 1991, pp.290-293.

1997 *Flower and Sword* (Play translated by David E. Pollard) in Martha P.Y. Cheung & C.C. Lai (ed.), *Contemporary Chinese Drama*, Hong Kong, Oxford University Press, pp.353-374.

2001 "The Theatre of the Absurd in China: Gao Xingjian's *Bus-Stop*" in Kwok-kan Tam (ed.), *Soul of Chaos: Critical Perspectives on Gao Xingjian*, Hong Kong, The Chinese University Press, pp.77-88.

2006 二月，《中國現代演劇》（《中國現代戲劇的兩度西潮》韓文版，姜啟哲譯），首爾。

八、有關馬森著作（單篇論文不列）

龔鵬程主編：《閱讀馬森——馬森作品學術研討會論文集》，台北：聯合文學，二〇〇三年十月。

石光生著：《馬森》（資深戲劇家叢書），台北：行政院文化建設委員會，二〇〇四年十二月。

語言文學類　PG0517

北京的故事

作　　者 / 馬　森
主　　編 / 楊宗翰
責任編輯 / 孫偉迪
圖文排版 / 蔡瑋中
封面設計 / 蕭玉蘋

發 行 人 / 宋政坤
法律顧問 / 毛國樑　律師
印製出版 / 秀威資訊科技股份有限公司
114台北市內湖區瑞光路76巷65號1樓
電話：+886-2-2796-3638　傳真：+886-2-2796-1377
http://www.showwe.com.tw
劃撥帳號 / 19563868　戶名：秀威資訊科技股份有限公司
讀者服務信箱：service@showwe.com.tw
展售門市 / 國家書店（松江門市）
104台北市中山區松江路209號1樓
電話：+886-2-2518-0207　傳真：+886-2-2518-0778
網路訂購 / 秀威網路書店：http://www.bodbooks.com.tw
國家網路書店：http://www.govbooks.com.tw
圖書經銷 / 紅螞蟻圖書有限公司
114台北市內湖區舊宗路二段121巷28、32號4樓
電話：+886-2-2795-3656　傳真：+886-2-2795-4100

2011年3月BOD一版
定價：320元

國家圖書館出版品預行編目

北京的故事 / 馬森著. -- 一版. -- 臺北市 : 秀威資訊科技, 2011. 03

面； 公分. --（語言文學類 ; PG0517）

BOD版

ISBN 978-986-221-713-9（平裝）

857.63 100002163

讀者回函卡

感謝您購買本書，為提升服務品質，請填妥以下資料，將讀者回函卡直接寄回或傳真本公司，收到您的寶貴意見後，我們會收藏記錄及檢討，謝謝！

如您需要了解本公司最新出版書目、購書優惠或企劃活動，歡迎您上網查詢或下載相關資料：http:// www.showwe.com.tw

您購買的書名：________________________________

出生日期：________年________月________日

學歷：□高中（含）以下　□大專　□研究所（含）以上

職業：□製造業　□金融業　□資訊業　□軍警　□傳播業　□自由業

□服務業　□公務員　□教職　□學生　□家管　□其它______

購書地點：□網路書店　□實體書店　□書展　□郵購　□贈閱　□其他

您從何得知本書的消息？

□網路書店　□實體書店　□網路搜尋　□電子報　□書訊　□雜誌

□傳播媒體　□親友推薦　□網站推薦　□部落格　□其他__________

您對本書的評價：（請填代號　1.非常滿意　2.滿意　3.尚可　4.再改進）

封面設計____　版面編排____　內容____　文／譯筆____　價格____

讀完書後您覺得：

□很有收穫　□有收穫　□收穫不多　□沒收穫

對我們的建議：________________________________

____

____

____

請貼
郵票

11466
台北市內湖區瑞光路 76 巷 65 號 1 樓
秀威資訊科技股份有限公司 收
BOD 數位出版事業部

（請沿線對折寄回，謝謝！）

姓　　名：＿＿＿＿＿＿＿＿　年齡：＿＿＿＿　性別：□女　□男

郵遞區號：□□□□□

地　　址：＿＿＿＿＿＿＿＿＿＿＿＿＿＿＿＿＿＿＿＿＿＿＿

聯絡電話：（日）＿＿＿＿＿＿＿＿＿＿（夜）＿＿＿＿＿＿＿＿＿＿

E-mail：＿＿＿＿＿＿＿＿＿＿＿＿＿＿＿＿＿＿＿＿＿＿＿